暮水街的三月十一號

The 11th March at Musui Street

年度暢銷作者

藤井樹

Hiyawu

她曾經對我說，一個寫了許多以愛情為主題的創作者，為什麼一點都不浪漫呢？從來，我就不在意什麼紀念日，還不就是過日子嗎？
我並不會因為紀念日所以更愛妳，更不會因為不是紀念日就不愛妳。有愛的每一天，都值得紀念，又何必拘泥於日曆上的那些標記呢？
只是，當我搬進暮水街，打算居留短短一年的時間後，三月十一號，這一天，卻突然變得有意義……

☆自序

十年的我

剛滿二十二歲沒多久，我簽了人生的第一本書約。

剛滿三十二歲沒多久，我簽了人生的第十四本書約。

十年了，好快，也好慢。好快樂，也好難過。

我曾經看過一個讀者寄來的信，他說我就是那種註定會成功的人吧。因為他聽過我的演講，他知道我人生的第一部和第二部作品都是在網咖完成的。網咖嘛，大家都知道那是個槍林彈雨的地方，很多人在裡面玩線上遊戲，拿著槍或是拿著刀在遊戲裡到處亂殺亂砍的，整間網咖充斥著戰場或是暴力空間的爆炸聲。

「當別人都在玩遊戲的時候，你卻在寫小說。這或許就是你註定要成功的地方，在很年輕的時候，你就知道自己該做些什麼。」那位讀者的信上這麼說。

我很想回信跟他說聲謝謝誇獎，更想告訴他：「你這麼說，我很心虛。」

真的，我很心虛。

因為我不知道什麼是成功，而我也不認為現在這樣的我就是成功。

因為我在很年輕的當時，並不知道自己該做些什麼，我只是發現自己喜歡寫，然後不停地寫罷了。

所以我並沒有註定成功，我也沒有比別人早知道我該做些什麼。

十年了，「寫」這個動作，我做了十年。

我必須坦承，我根本沒想過這條創作之路，或是我的創作生命有辦法走過十年。甚至我在每一場演講，都會坦白地告訴每一個來聽演講的人：「我根本沒想過出書，這是連作夢都夢不到的事。」

但我人生的道路在十年前轉了一個大彎，我在十年後才發現這個彎真的好大啊。

我在出書的第一年覺得，我絕對不會有第二本書，所以不會有第二年。甚至我不敢承認那是我寫的書，感覺像是做了一件壞事，不敢讓別人知道。

然後第二年來了，我猜測自己不會有第三年。

然後第三年到了，我的朋友問我：「你能寫多久？」我還很清楚地記得我當時是這麼回答的：「頂多再兩年吧，我的書就不會有人想看了。」

這話才剛說完，隔年我就創下個人作品在台灣銷售破百萬冊的佳績，出版社還因此送我到希臘雅典去看奧運。

然後不知不覺的，十年過了，我還在這條創作路上，我的創作生命還繼續健康地呼吸著。

我在許多的演講場合上被讀者問到這個問題：「哪天你的書不賣了，你要做什麼？」

其實這個問題在我出版的第二年就想過了，而且那個時候我就已經告訴自己答案：「我並不認為自己是作家，所以我沒有作家的身段與光環。當我的創作生命結束，我還是會繼續寫，差別只在不會再出版而已。也因為我沒有身段，所以要我去加油站工作，或是去賣雞排，我都不會覺得自己失去了什麼，因為這都是很正常而且自然的。」

這個答案到現在依然如此，從沒變過。

重點是，我也沒有要改變這個答案的準備，因為我已經比許多人都幸運了。

十年了，好快，也好慢。

十年前我甚至還沒當兵，只是一個大學剛畢業的小男生，什麼都不會，懂的也不多，只想著當完兵要準備找工作上班了。

然後，好快啊，我退伍了，我二十四歲了，我二十五歲了，我二十六歲了，我二十七歲了……

回頭看看走了十年的路，心裡只有一種「咦？不是昨天走的嗎？」的感覺。

然後，好慢啊，我「昨天」才剛走過的路，沒多久之後又走了一次，然後再走一次，再走一次，再走一次……

《暮水街的三月十一號》是我的第十四本書，也就是同樣的路，我走了十四次了。感覺像是過了十四次同樣的人生，而在這個圈子外面，許多人只想著「讓我過一次就好」。

我真的比別人幸運，我知道。所以我必須更努力，不然會對不起這樣的幸運，也會對不起支持我十年的你們。

十年了，好快樂，也好難過。

過去的十年裡，我一直都在做一件自己喜歡做的事，這跟每一個不喜歡自己的工作，或是認為工作不適合自己的人相比，我好像過得太爽了一點。

我朋友常常跟我抱怨，他說我不需要上班，我沒有老闆，我不必看別人的臉色做事，我做的是自己想做的事。

☆自序

是的，沒錯，他說的都對，所以這十年我過得很快樂。即使總是有傷心的事會發生，但這十年裡，我的快樂是比較多的。

不過，十年就這樣過了，我好難過啊。

有一種精華歲月已逝，將來每一天醒來，就更老一點的感覺發生了。

當然啦，我是不在意自己的外表變老的，我在意的是十年的時間就這樣過了，這是再也回不去的了。這十年當中，我身上發生了很多事，有很多的痛苦與遺憾，或是對不起了多少人，讓他們有多少痛苦與遺憾……

也都已經過去了。

我說過我是個不喜歡回頭看的人，因為那會拖慢我往前進的速度。

但矛盾的是，我也不是個喜歡往前進的人，只是往前進是唯一的方向，我沒有其他的選擇。

現在是二〇〇八年，十月了，今年我做了一件自己很久以前就想做的事。

我拍了一部短片，用自己的故事。在今年的七月拍完了十六分鐘長的《夏日之詩》，感覺……只有一個爽字。

這是我跟十年前不一樣的地方。

十年前出書，我不敢承認那是我的書。

十年後拍了短片，我很驕傲地想跟所有支持我的人分享：「這是我拍的短片，喜歡嗎？如果覺得還不錯，那麼哪天我拍了長片，願意再給我一些鼓勵或支持嗎？」

或許有很多人在7-11或是全家的DVD架上看過我的這部短片了，但其實我覺得這還是不夠的。因為我真正想的是，希望能把我的作品拍成長片，然後跟大家相約到電影院去看。

電影嘛，總是要超過九十分鐘才過癮，不是嗎？

我什麼時候要把作品拍成長片？

對不起，我目前沒有答案，雖然我很希望是明年。但是在我要求自己明年把片子拍完的同時，我想我必須先要求自己繼續創作出好作品才行。

因為十年過了，下一個十年立刻就接著來了。

雖然我還是那個不知道自己的創作生命能持續多久的吳子雲，但如果還有下一個十年，我會怎麼樣呢？

我不知道，但我對於創作的態度將永遠不會變。

或許我的人生會再轉另一個大彎吧。

☆自序

這個大彎會把我帶去哪裡？十年後，有機會的話，我會告訴你們的。

吳子雲二〇〇八年 秋初 於台北

換個地方

或許很多人好奇我的生活，
同時也好奇我的工作如何進行。
但，不就是這樣嗎？

一部電腦，一顆腦袋，一包菸加上一壺上等的金萱茶，
或是一瓶 Asahi 乾杯罐裝啤酒，我就能在螢幕前一坐好幾個小時。

如果金萱跟啤酒夠多，我還能坐好幾天不出門。

不過，只是坐在螢幕前有東西能寫嗎？
抱歉，答案是沒有的。所以我還得出去到處晃晃。

晃晃的好處是可以多看事情，多聽事情，多懂事情，也就可以多寫事情。

要晃晃的地方不一定得太遠，
有時候騎腳踏車五分鐘就能到的地方，就可以讓你想到一些很棒的題材。
但有時候可能要搭飛機到地球的另一邊，
去看看那些金髮碧眼的白種人到底都在幹些什麼。

總之，車子要加油才能跑，寫書的人要多看才能寫。
而我已經待在同一個地方太久了，所以我想換個地方。

01

雖然我的書上並沒有擺上我的照片，不過有時候走在路上還是會被認出來，吃飯的時候或是看電影的時候，搭捷運的時候或是逛街的時候。通常把我認出來的人只是想要個簽名，不過也曾經發生有人想跟我要電話，或想跟我一起看電影的。

通常我只能笑笑地回應說：「抱歉喔，我可能沒辦法給你我的電話。」「抱歉喔，我比較習慣自己一個人看電影。」然後用比平常走路快兩倍的速度離開現場。

坦白說，到現在我都還沒有習慣這樣的事情，就算我已經寫小說十年了。

爲什麼我會被認出來？因爲時常接到一些採訪通告或是節目通告，報章雜誌上偶爾會有我的報導；又因爲長得一點都不好看，我的朋友阿忠說我看起來就像是「超級路人六號」，我問他爲什麼還要加個六號？他說這聽起來有一種很先進的感覺，是一種誇獎，表示我看起來像一個很先進的路人。

所以，會被認出來的原因就是「有個在網路上寫小說的傢伙長得非常路人」。

嗯，就是這樣。

是的，我是一個寫小說的寫手，發表作品的媒介是網路，所以我自稱網路寫手。請注意，是寫手，不是作家。作家這個頭銜我根本沒資格被冠上。

開始寫小說的第一年，那是一九九九年，我還是個學生。我還記得最初最初下筆的當時，我並不是想寫小說的，我只是想把我當天機車停在誠品書店門口，卻被拖車大隊吊走的事情寫下來，卻莫名其妙地寫了八萬多字。

我的朋友都說我是神經病，機車被吊可以寫八萬多字，那交到女朋友不就可以寫八百萬字？不過後來交到女朋友之後，我並沒有因此寫了八百萬字，因爲我在想，如果我眞的寫完了八百萬字，那我大概會變成其中一個八百壯士。

既然已經寫了這麼多，那就替這八萬多字取個名字吧。於是我爲這篇「看起來像小說」的東西命名，就叫作〈用被吊的機車換了一個妳〉。

那個時候部落格還不盛行，大家都是在BBS上貼小說，張貼的作品數量還不少，而剛好我就是每天在上面看小說的阿呆。我心想，既然都已經寫了一部小說了，那就貼貼看吧。所以我試著把〈用被吊的機車換了一個妳〉貼到上面去。

在BBS上發表小說必須先註冊，並且替自己取個暱稱，爲此我傷腦筋了好幾個小時。我想取個有詩意的名字，像是女詩人「席慕蓉」，她的名字就一整個很詩意。但想了一想，又覺得太詩意的暱稱不夠俐落，所以我想了幾個俐落的名字，例如「瞬」或是「彥」之類的。但這些看起來又覺得不夠帥氣，所以為了帥氣我又掙扎了幾個小時，想了「我很帥」或是「帥到臉歪」……

最後我放棄了。

我隨便想了一個很普通的名字當作暱稱，因為我突然想到，如果我的小說人氣很差，瀏覽率很低，我也不用擔心因為暱稱太特別而被別人記得。

我的暱稱取作阿尼，這也成為我後來的筆名。為什麼要叫阿尼呢？因為我的英文名字是「尼爾」，但尼爾太拗口，所以我改成阿尼。

發表的結果在預料之中，人氣破到不行，瀏覽率低到像是台股崩盤的指數一樣。當時我還自我安慰地說：「大概是篇名取得不好，用機車換一個女主角，感覺像是在援交。」

於是有一天晚上，我又來到網咖，習慣性地連上BBS，然後很熟練地在每一個討論區來回穿梭，並瀏覽著訊息。接著，我深呼吸一口氣，想了一個小故事，想說幾千字就把它寫完吧。

結果這一寫又寫了八萬多字，天啊！又是八萬多字！

因爲有了之前的經驗，所以這一次我對取篇名非常的用心，我替這八萬多字取了名字，叫作〈我不會寫小說〉。

大概是名字取對了，大家對這個篇名有興趣吧，我的小說瀏覽率開始上升，然後就有出版社在網路上寫信給我，「阿尼，我們想幫你出書。」出版社說。

「幫我出書？不可能吧？哪來的詐騙集團？」這是我當下的第一個反應，然後我不加思索地把信件刪除了。

但是〈我不會寫小說〉還在網路上一集一集慢慢貼的時候，我不時接到不同的出版社來信，表示想跟我約時間談出版事宜時，我不禁開始懷疑：「這是眞的嗎？我是在作夢嗎？」

然後你就會看到一個人坐在網咖的某個角落，用拳頭猛搥自己的臉，或是用打火機燒自己的手，因爲他正在測試這到底是不是在作夢。

抱著姑且一試的心態，我從那些邀請出版的信件中，挑了其中一封來回覆，這封信來自「美克馬尼出版社」，寫信的是一位很漂亮的大姊姊編輯。之所以會挑這封信，只是因爲這個大姊姊當時寫了最多誇獎我作品的好話。

簽約那天，天氣很好，傍晚時分，我站在出版社大樓的樓下發呆，一直在猶豫著該不該上去丟臉？這一猶豫就是一個小時，等到天都黑了，我才鼓起勇氣按下電梯。

電梯按下之後，腦袋裡就一片空白了。

一份合約擺在我面前，我仔細地讀過一遍之後，沒多想什麼就簽上了我的名字。我當時心裡想著，美克馬尼出版社敢替我出書，他們要背負的損失肯定會比我大，既然如此，我何必擔心出版社把我賣了呢？

不過那天晚上，我就陷入一種懵懂迷惘的狀態，不知道爲什麼，這個狀態一直持續了好久好久。我出版的第一本書就是《我不會寫小說》。書出版時，我的頭髮只有〇．五公分長。爲什麼只有〇．五公分？因爲我已經去當兵了。

人家說男生當兵會變笨，這句話是眞的。所以我那懵懂迷惘的狀態在當兵期間依然還在持續。

現在回頭想想，當這個生命的大轉折出現時，我竟然沒有太大的反應。或許我在這件事情上從來沒有抱持任何期待，也或許我眞的壓根就是想著「我沒有出第二本書的命」，所以才沒有太大的反應，坦白說，我也沒有什麼興奮感，當我在書店看見我的書擺在架上時，我還有一種害怕的感覺，「唉呀！糟糕！還那麼一大疊都賣不出去，完蛋啦！」這是我當時的想法。

那年是兩千年，二十一世紀的開始。不知道是我祖上積德，還是我的家人有燒好香，或者是因爲我每個星期都會扶老爺爺跟老奶奶過馬路的關係，那份合約之後又有新的合約，新的合約之後又有新的合約，就這樣一份一份合約不停地簽下去，我就這樣寫小說寫了八年。

我：「為什麼出版社的名字叫美克馬尼？」
編輯：「Make money。」
我：「……」

註：以上筆名、書名與出版社名皆為虛構，請勿到書店找尋。

02

距離我出上一本書，已經過了四個月了。或許四個月聽起來好像不是太長，不過對一個以寫書爲業的人來說，就好像自己炒自己魷魚四個月一樣。而如果硬是要把時間分配表拿出來畫成一個統計圖的話，那麼，在那失業的四個月當中，佔最大比例的應該是「睡覺」。

四個月算成去尾數的大整數，等於有一百二十天，以每個人一天睡覺八小時來算，一天睡掉了三分之一，這麼一換算，那我一共睡掉了四十天。

我知道這個算法非常老套，因爲在很多年前就已經有人提出「以一個人能活六十歲來說，那一共睡掉了二十年」的說法，但我的重點不在這句話是什麼時候什麼人說的，而是在「睡掉二十年」上面。

我想你們都沒有清楚地去想過，睡掉二十年是多麼快樂愜意的事情。或許很多人會說那麼長的時間被睡掉了眞的很浪費，但我的看法可不是這樣。

睡掉二十年是多麼快樂愜意的事情呢？這表示這輩子有二十年是沒有知覺的，是絕對自我的。如果常作一些美夢的話，那二十年的日子換來一些美夢何嘗不好？在沒有造成對其他人的傷害，以及無傷大雅的前提之下，盡力過得快樂一點，本來就比較重要，不是嗎？

所以當我還在努力地作著美夢，試著讓自己過得快樂一點時，如玉打電話問我有沒有新的寫書計畫，我擦掉流到一半，差點滴在枕頭上的口水，嗯嗯啊啊地支吾半天，說不出一句話來。

如玉是我的編輯，從我出版第二本書時開始負責我的作品，至今已經八年了，這段時間眞可說是她美好的青春。掐掐手指算了一算，她二開頭絕大多數的歲月我都參與到了，當一個女人將這麼黃金的歲月用在爲另一個男人出了十三本書，她的怨念恐怕會比日本鬼片裡的貞子還要深。

「啊？幾點啦？」接起電話，我還有些恍惚。

「下午兩點。」如玉口齒清晰地回答。

「唔？我好餓。」我躺在床上，摸了摸肚子。

「嗯，新稿子什麼時候要交？」如玉的聲音好冷靜。

「我等等該吃些什麼呢？」我說。

「新稿子什麼時候要交?」如玉說。

「上次我去一家牛排館吃牛排，他的牛排好老。」

「新稿子什麼時候要交?」如玉還是這麼說。

「妳要不要介紹我一家好吃的牛排館?」

「新稿子什麼時候要交?」如玉依然這麼說。

「什麼?新稿子牛排館?這是啥鬼子牛排館?誰敢去啊!」我大叫了起來。

「新稿子什麼時候要交?」如玉繼續這麼說。

「啊……」我吐了吐舌頭，以爲我幽了如玉一默，「哈哈，不好笑嗎?」

「你覺得呢?」

「我覺得還不錯啊。」我又乾笑了幾聲，給自己的幽默捧個場。

「新稿子什麼時候要交?」她像唱片跳針一樣，重複著這句話。

坦白說，我不知道該怎麼還她這些年的青春，她的怨念到底該怎麼平復，我也是一點辦法也沒有，不過她還算是個善良的人，她並沒有拿著鞭子，坐在我書房的電腦旁邊，盯著我寫新的稿子。聽說日本某些紅透半邊天的漫畫家，他們的編輯會拿著超大藤條，跟在他們的繪圖桌旁，盯著他們完成進度，還會不時練習揮棒動作。

雖然千方百計想壓迫我盡快交出新稿子，但如玉從來沒有用過可怕的方法，她總是會客氣地詢問我的進度；當我擺爛的時候，她還會這麼說：「爲了我在你身上投注的青春，寫部好小說來回報一下嘛。」對，她會這麼說。

不過通常我對於把青春還給她這件事情是一點興趣都沒有……啊！啊！不不不！我是說，我對於把青春還給她這件事是一點辦法都沒有，誰能把青春還給另一個人呢，你說是吧？

很多讀者曾經寫信問我，要寫一部好小說有多難？拜託，這難度跟登天差不多。好小說的定義實在是模稜兩可、眾說紛紜，每個人對好小說的見解都不一樣，就像每個人對美醜的定義不同。很多人覺得侯佩岑很正，很多人覺得林志玲很美，把她們當成小說來比喻的話，她們就是兩部大多數人都喜歡的小說。不過還是會有人覺得呂秀蓮是正妹，例如那個自稱是英文老師，但英文卻很破的什麼「通尼欠」，關於這點，我就不予置評了。

把前面的說法代入，有人覺得我寫的小說是好小說，那我的作品就可能是侯佩岑或林志玲；但也有人覺得我的作品不堪入目，那我的小說對他們來說就是呂秀蓮。

所以寫出好小說爲什麼跟登天一樣難？因爲好壞不是「寫的人」去決定，而是「看的人」去評斷。

前些日子，我正爲了該寫哪些更精彩的故事，使新的作品變成一部好小說而苦惱不已。

苦惱這種事情當下的心理狀態其實是很緊繃的，就像我說的，因爲好不好不是由我決定，所以我能做的，只有盡全力去寫更精彩的東西，然後讓讀者來評斷好與不好。

但當時我想不到更精彩的點子，獨坐在自己的電腦桌前，我已經發呆了好久好久，久到我想用我的右手一把抓住我的頭髮，然後用力地朝牆壁砸下去，可能會砸出一個新的靈感，那麼一部曠世鉅作就誕生了。

但實驗結果徹底失敗，因爲我沒綁住我的左手，所以我的左手下意識地去擋在牆壁前，於是我的頭砸在我的左手上。

「我的左手受傷了，沒辦法打字，能不能晚一個月交稿？」電話裡，我這麼跟如玉說。夜裡十點，HBO的強檔影片剛好播到一半。

「哈哈哈！」如玉笑了三聲，然後我就被掛電話了。

有一天晚上，我還是一樣醉生夢死地在網路上亂晃，一旁的電視裡，洋基隊正被遊騎兵隊無情地宰殺。就在我不忍心再看著洋基一分一分地掉而別過頭去時，阿忠打電話來，我們聊了好一會兒。

阿忠是我認識了好多年的好朋友，他看起來像個粗人，但卻有著非常文靜的一面，他總會在我出書的第一天，就到書店去買一本我的書，然後在第一個晚上就把書看完，有時候他會打電話告訴我他的心得，有時候則不。

我總是告訴他，別花錢買我的書了，我可以送他一本。但他說，身爲朋友，連這點小事都不捧場，那朋友也不用當了。

這天晚上，他跟我聊到小說題材的問題，他說他有一些事情想用小說的敘述方式自己寫寫看，問我要怎麼拿捏用字遣辭的尺度。

「如果你寫不出故事來了怎麼辦？」他問。

「我……」我思考了一會兒，「目前爲止是還沒有這樣的情況發生。」

「這麼強？」

「不是強，這跟強不強沒關係，我覺得我有把一件無聊的事情寫得很有趣的天分。」

我解釋著。

「所以你的意思是，你收集很多無聊的事？」

「對。」

「然後把它變成有趣的事？」

「對，用我腦袋裡的想像力去加工。」我說。

「所以無聊的事對你來說很重要？」

「發生在我周遭的每一件事都很重要，那對我來說是補給品。如果我是一棵樹，那麼這些事就是讓我繼續長大的養分。」

「那如果你沒有那些無聊事了怎麼辦？」他問。

「你說到重點了，最近我就是找不到有力的無聊事。我想再寫一部好看的小說，但雖然我腦子裡的資料庫有很多無聊事，可我總覺得那些無聊事不夠力，我的腦袋加工不出好故事。」我搖搖頭，嘆了一口氣。

「什麼不夠力？」他說。

「那只是我對無聊事的等級分別而已。如果普通無聊事可以在我腦袋裡加工出七十分的好故事，那麼有力的無聊事就可以在我腦袋裡加工出一百分的好故事。」我試著用最簡單的方法解釋給他聽。

「那你之前都怎麼做？」

「到處找啊！」

「怎麼找？」

「就是離開這張我一直坐著發呆的椅子，去另一個地方，隨意做些事情。」

「哪些地方？」

「什麼地方都可以。」

「像是……去看電影？」

「對。」我邊說邊點頭。

「像是……去散步？」

「對。」我點頭點得更用力了。

「像是……去旅行？」

「對對對。」

「那你去看過電影了嗎？」他問。

「全部看光光了。」

「那散步呢？」

「已經散到我整個人都快散了。」

「那旅行呢？」

「我已經旅到換那些地方來旅我了。」

「那……」他拉了好長的音，然後接著說：「……搬家呢？」

（對啊！搬家！我怎麼沒想到？

03

隔天我很快地上網找了一間房子，並且留下聯絡電話。張貼租屋資訊的人在他的張貼佈告上面寫著：

好房子等你租，好房東等你認識。好的房東帶你上天堂，壞的房東帶你住套房。我要出租的套房就像天堂，那我是好房東還是壞的房東呢？

他的佈告上面就只寫了這些文字，完全沒有其他的介紹，我還得把滑鼠滾輪往下滑，才能看見那小小的房屋資訊。

這個人的邏輯有問題。他在第一句話說自己是好房東，然後在最後一句話問你他是不是個好房東。而且他在房屋資訊的最後寫上了一行字：不會太貴喔！租到你就福氣啦！

我猜這個房東平常應該不是住在地球。

我接到房東的電話是兩天以後的事了，他說他這兩天不在，所以沒上網看回覆，然後他把地址用簡訊傳給我，簡訊裡提到那附近有一間家樂福，時間約在下午兩點半，要我準時去找他看房子。

房東的聲音聽起來像是個中年先生，應該有五十歲了。不過當我見到房東時，覺得他看起來只有四十多歲，感覺是個有威嚴的老師或是軍人。

我開著車子從高雄上台北，帶了幾天的換洗衣褲和簡便的行李，沿途還到台中的東海大學附近買了醃芭樂吃，但是這芭樂不太乾淨，在新竹的休息站，我拉肚子拉到一臉慘白。

下台北交流道時是下午一點半，照著房東給我的地址，我花了二十分鐘找到那間家樂福，然後我停好車，開始找確切的地址。

這間房子在一條小溪旁邊，離捷運走路大概五分鐘，不過這五分鐘的路必須經過好幾條巷子，所以還眞不好找。我花了半個多小時在附近晃了好幾圈，就是找不到房東所說的地址，所以我撥電話請房東來捷運站帶我。

幾個彎幾個拐之後，房東指了指一棟看起來有十層樓，但其實只有六樓高的公寓，他要出租的房子在三樓。

這棟公寓比較特別的是，它是樓中樓的設計，所謂兩房，指的是其中一間房間在屋子的樓上，走上樓梯就是一張床和一個大衣櫃，另一間房間在樓下，有個獨立的門，裡面有張小床和一張桌子，樓梯下來向後轉就是廚房，面對廚房的左後方就是洗手間。

轉頭背對樓梯，會看見一大片的落地窗，但有窗櫺將窗子隔成六大塊。落地窗外面沒有陽台，窗簾是很普通的淺綠色，跟窗戶外面的小山丘的顏色有些落差。當你站到窗邊去，那條小溪看起來就在你腳底。而你所站的地方就是客廳，客廳裡除了一張很孤單的沙發，什麼都沒有。

「那張沙發是上一個房客留下來的，他說太重了他不想搬。」房東在我看著那張沙發的時候這麼說。

我看著窗外的小山丘和小溪，閉上眼睛仔細感受周圍的寧靜，深呼吸一口氣之後，「這裡好安靜啊。」我說。

「這裡別的沒有，就是安靜啦！」房東語帶驕傲。

不過話才剛說完，我就聽見巨大的達達聲，從聲音的來處看過去，是一棟正在興建的公寓大樓。

「那個……」我指著那棟還在施工中的大樓，想問問房東是否知道它何時完工。

「哪有蓋房子不吵的啊？」房東沒好氣地說著。

「呃，不……我的意思是，房東知道它什麼時候蓋完嗎？」

「我又不是建設公司老闆，怎麼會知道？」

這個房東說話眞夠直的。

「呵呵，我不是那個意思啦，因爲我的工作比較需要安靜，所以安靜是我選擇房子的第一個條件。」

「你是幹什麼的啊？」

「我幫出版社寫一點東西。」我不希望透露我的身分，低調一些比較好。

「你是記者啊？」房東問。

「不不不，記者是爲報社寫東西，我是爲出版社寫東西。」

「都行啦。」

「那房東您打算租多少呢？」

「兩萬二。」房東也不拖泥帶水，直接開價。

頓時之間我以爲有地震，聽到這個數字差點站不穩。

「房東，兩萬二有點多耶，這等於是空屋，什麼都沒附啊。」我有點不好意思地開口，「如果真的要租的話，我還得買些傢俱跟電器，那也是一筆錢囉。」

「我沒說有多便宜啊。」房東說。

「可以您在網路上寫的是『不會太貴』啊。」

「兩萬二有很貴嗎？」

「不便宜啊！現在經濟不景氣，兩萬二真的有點多。」我繼續想辦法遊說，「而且你還說租到會福氣啦！這個價錢對我來說不太福氣耶。」我模仿著周潤發的語氣。

「那是我兒子替我登的，我不知道他寫什麼福氣啦。」他也學著周潤發的調調。

「那能不能便宜些呢？」

「你要便宜多少？」

「我最多只租半年，坦白說，我只是要換個環境寫點東西，半年後我就走了，但是我願意一次把房租繳足，可不可以看在我一次付清的份上，算便宜些呢？」

房東想了一想，「半年太短了，那你租一年，我算你二十萬。」

換我想了一想，「那可以包水電跟網路費還有第四台嗎？」

房東又想了一想，「包水電跟網路和第四台可以，一年二十五萬。」

換我又想一想，「二十五萬可以，那要多附我洗衣機跟電視還有冷氣。」

房東再想了一想，「要附你洗衣機電視跟冷氣可以，一年三十萬。」

換我再想了一想，「一年三十萬可以，你還要送我多住三個月。」

我們這樣一來一往不知道幾次，後來以一年二十萬包第四台不包水電兼借我一台洗衣機成交。

準備簽約時，房東堅持要在當天就拿到錢，但因爲時間已經接近銀行關門的三點半，於是我請房東留下銀行帳號，我明天一大早就去轉匯給他。不過房東終究是上了年紀的人，社會經驗豐富，他堅持要我至少拿出三萬塊，才願意把鑰匙交給我，並且答應簽租約。

爲什麼他堅持三萬塊呢？因爲如果我明天沒有一次把錢都匯給他，這樣他至少保證先拿到一個月以上的房租，而且有一個月的時間把我趕走。

「不好意思啊，因爲以前有一個房客欠了我兩個月的房租沒給，還連夜搬走，所以我現在都很小心謹愼。」我到7-11領錢給他時，他解釋著。

「嗯，沒關係。」我點點頭。

「你說你是在幫出版社寫東西的？」房東一邊寫著租約一邊問我。

「嗯，是的。」

「寫什麼？」

「一些難登大雅之堂的小說。」

「小說？」房東看了我一眼，笑了一笑，「很厲害喔。」

「不不不，」我揮了揮手，「都是一些休閒時看的小說，不是什麼大作，所以一點都不厲害。」

「你有筆名嗎？」

「有，筆名叫作阿尼。」

房東一聽，停筆又看了我一眼，「阿尼？你就是那個南方四賤客裡面，每一集都會死掉的阿尼？」

「呃……不是，」我臉上出現三條線，「此尼非彼尼。」

「喔。」房東淡淡地應了我一句。

「不過依房東你的年紀，知道南方四賤客算很厲害了。」我微笑著說。

「因爲我兒子女兒他們常在看。」他回答。

這時房東把筆遞給我，要我在租約上簽名。我仔細地看了看合約之後，簽上自己的名字。

「你可別簽阿尼啊。」他笑了起來，我也笑了起來。

房東離開前把鑰匙、一份合約，還有他的銀行帳號交給我，就轉身下樓了。

這時我聽到一陣清脆的鈴鐺聲，從我對面那一戶人家裡傳出來，這鈴鐺聲有規律地響著，但長度不定，有時候長，有時候短。

「大概是對面養了寵物吧。」我這麼猜測著。

我走進自己未來一年裡的新家，把門關了又開，開了又關，試著習慣這道門的聲音，然後走到落地窗前，看著窗外的小山丘，翻開手裡那本租約，上面寫著中華民國九十六年三月十一日。

「暮水街四十六巷十五號三樓……」我兀自唸著地址，再看了一看腳下流過的那條小溪，再看看慢慢西沉的太陽，心想，這條街的名字還眞是名副其實。

這條街的名字好聽，可惜的是沒有這條街。

你好，鄰居

我從來不曾認爲我會是個欣賞大捲髮女孩的男人，
一直以來，我都是喜歡直髮的。
直到這天晚上，我走在她的後面，
看著她大捲的髮尾隨著步伐的前進而跳動著。

我想跟她說，她的髮型很好看，
但我不想在認識她的第一天就嚇著人家，
所以我只說了改天可以請我幫忙，
如果有搬不動的東西的話。

她說好，笑著說好，在公寓門口。
然後轉頭，用很輕盈的腳步拾級而上。

04

我到IKEA買了一些簡單的傢俱，又到了燦坤買了電視跟ＤＶＤ放映機，然後跟他們約好時間送到暮水街的新家。買完東西之後看看手錶，已經到了吃晚飯的時間。我回到暮水街找了一家小吃店，點了碗魯肉飯跟蛋花湯，還切了一份豬耳朵，這時店裡的電視正在播著立法院的鬧劇，聽我旁邊那一桌客人的對話，我想他們應該是偏綠的。

我的晚餐便在那兩位客人的高談闊論，還有電視裡藍綠的惡鬥之下，一口一口地吞完了，吃得一點都不舒服，還好桌上那本雜誌的封面拍了一個很漂亮又露出乳溝的模特兒，讓我的壞心情稍微平復一點。

回到新家沒多久，我聽見垃圾車來的聲音，看了看手錶，原來這裡的垃圾車是八點半來的。我走到落地窗旁邊，往巷口看去，垃圾車停在巷口，一群人手上大包小包往垃圾車上面扔。

然後「碰碰」的幾聲巨響，一陣玻璃碎裂的聲音從我的門外傳來，我趕緊開門一看，一位小姐呆站在我的門口，她的腳前方是一台已經摔破的電視機，她的後面是這天下午傳來一陣陣鈴鐺聲的門，而那串鈴鐺掛在一隻小貓身上。

我看了看已經摔破的電視，再看一看她，她說：「對不起，嚇到你了。」

「喔！沒有沒有，妳沒嚇到我，」我微微一笑，「不過玻璃都破了，妳沒事吧？」

「沒事，還好沒壓到腳。」她低頭看了看自己的腳。

「但是妳的電視壞了。」我指著地上那台看來已經報廢了的電視。

「它本來就壞了，我是要把它拿去丟掉，今天有資源回收車。」

這時她的小貓走出門外，她用腳擋住小貓的去路，「乖女兒，不能出來！」她看著那隻貓，輕聲叮囑著，然後用腳把她的「乖女兒」移回屋子裡。

「這電視很大，妳搬不動吧？」我依然指著電視。

「我本來以爲我可以，」她笑了一笑，「不過我只成功移動了五公尺。」

「妳要拿去丟是嗎？」我蹲下身子，「我幫妳搬吧。」說完我就把電視搬了起來。

「喔！謝謝你。那能不能請你等一下，我還有一些垃圾要丟，我們一起去。」

「好。」我點點頭，她轉身跑回屋子裡。

我先把電視再放回地上，用腳把一些玻璃碎片踢到一邊去，她的小貓依然好奇地瞪著大眼睛，站在門口看著，她在裡面一直喊著「乖女兒，不能出去喔」，不過只聽得到聲音，看不見人。

沒多久她就拎著兩包垃圾出來了，「謝謝你喔！」她又說了一次謝謝。

「不客氣。」我說。

然後我搬起電視機，她走在我前面，慢慢下樓，還不時回頭問我能不能看得見樓梯。我要她趕快先下去，不然如果我不小心手一滑，她就要變成機下亡魂了。

還好當兵的時候有操過，不然一部舊型的三十二吋電視可能有二、三十公斤重，肯定路還走不到一半，我的手就沒力了。

她拎著兩包垃圾走在我旁邊，還一直很緊張地問我，「要不要幫忙啊？要不要幫忙啊？」我因爲搬得有點喘，手又很痠，還要一邊搬電視一邊對她搖搖頭，一整個很忙。

終於，資源回收車到了，清潔隊員也過來幫我把電視丟上去。

「謝謝你幫忙。」她微笑看著我。

「不客氣，妳剛剛已經謝過了。」

「爲了答謝你，我請你喝飲料好了，你要喝什麼？」她指著大概三十公尺遠的7-11。

「不用了，小姐，這只是個小忙。」

「請杯飲料也只是個小回報啊，喝可樂好嗎？」她說完，轉頭就往7-11走去。

我有點拗不過她，「嗯，好吧，可樂好。」我說，然後跟在她後面。

我從來不曾認爲我會是個欣賞大捲髮女孩的男人，一直以來，我都喜歡直髮的。直到這天晚上，我走在她的後面，看著她大捲的髮尾隨著步伐的前進而跳動著。

然後她走進7-11，我並沒有跟進去，只是站在外面等，點起了一根菸。

沒多久，她拿了兩瓶可樂出來，把其中一瓶遞給我，「你今天剛搬來嗎？」她問。

「是啊，下午才決定要租的。」我接過可樂，打開喝了一口。

「房東有沒有很驕傲地跟你說，『這裡別的沒有，就是安靜啦』？」她學著房東的語氣。

「咦？」我好生驚訝，「妳怎麼知道？跟我同一個房東嗎？」

「嗯，是啊，」她喝了一口可樂，又繼續說，「你租的那間房子原本是我朋友住的，不過他搬走了，房東還請我幫他找新房客。」

「那我們以後是鄰居囉，還請多多指教。」

「你好啊，鄰居。」她看著我，臉上掛著微笑。

「妳好啊，鄰居。」我說。

走回家的那一小段路上，我們沒有再交談，她走在我前面不遠處，我則是故意走在她後面看著她的頭髮。我想跟她說，她的髮型很好看，但我不想在認識她的第一天就嚇著人家。所以到了公寓門口，我只說了改天可以請我幫忙，如果有搬不動的東西的話。

她說好，笑著說好，在公寓門口。然後轉頭，用很輕盈的腳步拾級而上。

當我們都到了三樓，她用她的鑰匙開了她的門，我用我的鑰匙開了我的門，她突然轉過頭來說：「對了，我叫小希，你呢？」

「啊！」我瞬間不知道該怎麼回答，在我的眞實姓名和筆名之間不停地猶豫著，就這樣呆了五秒鐘。

「你忘了你的名字嗎？」她笑了出來。

「喔！不！不是，」我解釋著，「我只是在……嗯……沒事，我叫阿尼。」

「阿尼？就是那個南方四賤客裡，每一集都要死一次的阿尼？」

「……」我臉上又出現三條線。

此尼非彼尼。

05

我在暮水街的第一個早晨，是在一陣咚咚咚的噪音當中度過的。附近正在興建的那棟大樓，早上八點準時開工，我是一個很淺眠的人，當工地傳來第一陣打地樁的聲音時，我就已經張開眼睛了。

其實我本來也是一個會睡死的人，不過不知道爲什麼，當兵時剛進新訓中心就變得淺眠，一點點聲響都可以輕易地把我吵醒。下部隊之後，我的同袍都用一個聽起來有點氣勢的外號稱呼我——

「忍者，你又醒啦？」我的同袍說。

就因爲我眞的很好叫醒，每一次崗哨輪班，我的上一個班要叫我起床時，通常都不需要走到我的床邊，他只要走進寢室，讓我聽見腳步聲，我就會醒了。不過還好我沒有起床氣，也沒有睡眠失常引起的憂鬱症，不然我大概早就在部隊裡舉槍自盡了。正因爲如此，今天隔壁的小希出門下樓梯時，那高跟鞋和地板的碰撞聲，我也聽得很清楚。

「乖女兒，不可以出來，乖，快進去！」她在關上門之前還在忙著趕貓。

宜珊打電話給我的時候，我正忙著把手中的面紙搓成球狀。爲什麼要搓成球狀呢？因爲工地的聲音太吵，我沒辦法專心寫小說，於是我想把面紙搓成球狀，然後塞進耳朵裡。

宜珊是我的女朋友。嗯……應該說是前女友。我們在上個月分手了，原因嘛……以後再說。

跟她認識在我出版第八本書的那一年，她是一個記者，跟我約了一個專訪。專訪當天，我們聊得很開心，氣氛輕鬆活潑，一點都不像過往在訪問時那樣死板。專訪結束後，隔天下午，她打電話給我，問我喜不喜歡吃牛肉。

「？？？？」←這是我聽到這個問題時的反應，電話這端的我一頭霧水。

「你喜不喜歡吃牛肉？」她又問了一次。

「何小姐，這個問題跟昨天的專訪有關係嗎？」我好奇地問了一下。

「沒關係啊。」

「那妳問這個幹麼？」

「你先回答我嘛。」

「喜歡啊，我很喜歡吃牛肉。」我說。

「那好，謝謝你的回答。」說完她就想掛電話。

「欸欸欸！等等。」我趕緊阻止她。

「嗯？」

「妳不是要告訴我，爲什麼要問這個很突然的問題嗎？」

「因爲我的星座運勢告訴我，今天會有男生約我去吃牛排。」她說。

「這跟我喜不喜歡吃牛肉有什麼關係？」

「我在想你會不會是那個請我吃牛排的男生啊。」

「……」←這是我當時的反應。

「你還在嗎？喂？」

「在……」

「爲什麼不說話？」

「因爲我在想，這是哪一個星座專家說的星座運勢。」

「想這個幹麼？」

「我想去告訴他，他眞的非常不準。」我說。

不過後來我還是自打嘴巴了，因爲我眞的請她吃了牛排，就在那天晚上。不過我有告訴她，這個招式只限女生使用，男生絕對禁止動用這一招，否則可能會被秒殺。

「其實星座運勢說我今天所有的計畫都會失敗，要試著找出問題的癥結。」吃牛排的時候，她坦承。

「所以跟吃牛排完全無關？」

「對，完全無關。」

「不過星座運勢那種屁話就不用多看了，看那個根本就是浪費時間，還不如去看看奇摩笑話。而且那些運勢說的一點都不準，妳看，妳計畫著要我請妳吃牛排，不也成功了？」

「你不相信星座嗎？」

「我什麼莫名其妙的神鬼論、星座論、八字論、紫微論都不相信。」

「其實我也是。」她說。

「既然如此，妳為什麼還知道妳今天的星座運勢？」

「因為我公司每一個樓層的電梯門口都有電視，那是讓你在等電梯時防無聊的。上面會播一些電影預告或是今日新聞重點，還有股市跟星座運勢。」

「所以妳是等電梯時看到的。」

「嗯，是啊。」

「那『今天會有男生請我吃牛排』這招是妳自己想的？」我問。

「是啊。」

「妳可以去當星座專家了，這樣妳都掰得出來。」

「我的星座運勢我自己掌握。」

「喔？那妳掰這個幹麼？」

「因爲我想『眞的』認識你。」她說。

工地打地樁的聲音暫停了一下，我把搓好的面紙球放在一旁，宜珊在電話裡問我最近過得好嗎。我覺得有點心酸。

其實我們沒有分手太久，大概一個月的時間而已。但是分手之後的每一分鐘都會被自動放大到像一個小時，於是一天就像一年，一年就像一輩子。但我們都已經三十歲了，把三十套入年紀的話，是一個不小的數字，所以我們都比較能控制某種情緒，就算傷心也會盡量壓抑。

「很不錯呀。」電話的這頭，我坐在地板上，靠著牆壁。

「那就好。」她說。

「妳呢？」我問。

「還過得去。」她回答。

這就是兩個失去對方的人會有的對話，詞不達意不打緊，重點是看似關心的對話內容，其實是兩個人分手後的陌生，已經讓自己不知道該跟對方說些什麼了。問你最近好嗎，其實只是想知道你還有沒有在呼吸，當你禮貌性地回問他「那你呢？」，他給你什麼答案其實都不重要，因爲他好不好都已經與你無關。

「在寫新書了嗎？」

「嗯，是啊。」

「你的上一本書很好看。」她說。

「是嗎？妳有看？」

「嗯，我前幾天看完的。」

「妳跟我在一起的時候是不會看我的書的，爲什麼這本書妳卻看了？」

「因爲……我們已經不在一起了。」她說。

「啊，對，我都忘了……今天不用跑新聞嗎？」

「昨天値晚班，現在才剛下班而已，想問你要不要一起吃個飯？」

「爲什麼要找我吃飯？妳一個晚上沒睡，一定很累了，去睡覺要緊吧。」

「我還睡不著，你不想跟我吃飯嗎？」

「我很樂意，但我恐怕沒辦法答應妳。」

「爲什麼？」她的語氣有些驚訝。

「因爲……」

「你不方便說話嗎？那我就不打擾了。」宜珊打斷了我的回答，「如果你身邊有其他人的話。」

「不，沒有，」我點起了一根菸，「妳誤會了，我身邊沒有人，我沒辦法答應跟妳一起吃飯的原因，只是因爲我並不在高雄。」

「那你在哪裡？」

「台北。」

「你去台北幹麼？有工作或演講嗎？還是訪問通告？」

「都不是，我想我會在這裡住一年。」我說。

「住？」她更驚訝了，「你要住在台北？爲什麼？」

「我想換個居住環境，或許對寫作有幫助。」

「所以，你短時間內不回高雄了？」

「嗯，是啊。」

「那好吧，改天再找你了，如果你回高雄的話。」

「嗯，好。」我說。

然後我們沉默了一會兒。我不喜歡這樣的沉默。

「那……你回高雄的話，會打電話告訴我嗎？」她問。

「我不知道，或許吧。」

「那如果我上台北的話，可以找你嗎？」

「看情況吧。」

「如果我請假到台北去玩幾天，可以住在你家嗎？」

「再說吧，我想。」

「你知道我今天的星座運勢是什麼嗎？」

「不知道。」

「我今天的星座運勢是：任何人都很難拒絕你的要求。」她說。

「那這個星座運勢一點都不準。」我下了個結論。

這一方：最近好嗎？
另一方：嗯，還好，你呢？
這一方：嗯，還可以。
但其實好與不好，都與對方無關了。

06

日本有一部漫畫非常紅，後來還拍成電影，叫作《死亡筆記本》。那是在敘述一個天才少年，有一天在路上撿到了死神的筆記本，然後他發現這本筆記本的使用方法和威力後，便開始利用它來殺掉一些罪犯或是壞人。

阿忠說他很喜歡這個故事，他覺得能想到這種故事的人眞是天才，甚至他還幻想會不會眞的有人撿到死神的筆記本。

然後我問他，如果哪一天，他在路上看見一本筆記本躺在地上，旁邊還有一張千元大鈔，他會撿哪一個？

「我會撿千元大鈔。」他得意地說：「誰知道那本是不是眞的死亡筆記本啊？」

「就算那眞的是死亡筆記本，你也沒有那個頭腦使用它。」

「爲什麼？」

「因爲如果是我，我會連筆記本跟千元大鈔都一起拿回家。」我說。

這部電影是我跟宜珊一起去看的，電影還在放映時，我就已經有一些想法了，等到電影播完，步出電影院時，我很認眞地思索著，如果這世界上眞的有死亡筆記本，那會不會有相遇筆記本呢？

如果一個人要怎麼死亡是註定的，那一個人會遇到什麼人也是註定的吧？

我因爲在網路上寫文章，所以遇到如玉；我因爲出書而有點名氣，因此接受雜誌跟報紙的採訪，所以遇到宜珊；我因爲要從高雄搬到台北，所以遇到房東；因爲搬到暮水街，所以我遇到小希。

至於怎麼遇到阿忠的，就當作是個錯誤吧。

如果冥冥之中註定了誰該遇見誰，那會不會有一本相遇筆記本呢？我想像著那上面記載著日期，記載著天氣，記載著什麼樣的地方，什麼樣的背景，主遇人是誰，被遇人又是誰，他們說了什麼話，然後會發生什麼事……

會不會發生愛情？會不會在一起？會不會分開？會不會再也不再相遇了？

我把這些想法告訴宜珊，她笑了一笑，說我果然是個適合寫小說的人，因爲聯想力超強。

這大概就是我跟其他人不一樣的地方。

當我站在一個車水馬龍的路口，來來往往的行人匆匆，一個接著一個地在面前閃過。然後我的視線鎖定了三點鐘方向的一個男生，還有九點鐘方向的一個女生，他們現在正在同時等著紅綠燈。男生可能正在發呆看著對街，女生可能正在低頭看著自己的高跟鞋。等到行人綠燈一亮，三點鐘方向的人群往九點鐘的方向前進，而九點鐘方向的人群往三點鐘方向走。

三點鐘男生與九點鐘女生會不會因爲這個交錯，就改變了生命中往後的每一個故事？

然後儘管他們只是從我面前走過，什麼事也沒發生，但我的腦袋已經在替他們寫故事了。三點鐘男生可能會因爲一邊發呆一邊走路而擦撞九點鐘女生，或是九點鐘女生可能會因爲高跟鞋的鞋跟斷了，而側跌在三點鐘男生的身上……

故事就這樣開始走下去了。我的聯想力只是因爲一個很普通的畫面，就得以無限延伸。

這就是我跟別人不一樣的地方，所以宜珊說我果然適合寫小說。

「我從來沒想過我會跟一個寫小說的人在一起，我總覺得寫小說的人有時候會活得很故事。」宜珊曾經這麼說過。然後我問她，爲什麼會跟我在一起？她說她身邊從來沒有出現過像我這樣的男孩子，「但是你並沒有，你實際的那一面跟寫小說的那個你並不住在一起。」說完之後，她笑了一笑，「雖然是這樣，但這也不表示我在稱讚你，因為你的思想雖然成熟得像個男人，但心裡面的那個你卻像個孩子。」

她說她跟我在一起之後，發現我對事情的看法獨特，我的觀念正確，我的待人處事得宜，但我卻時常不小心流露出不想長大的那一面。

「不想長大……的那一面？」我不太明白。

「是啊，就是不想長大的那一面。」她點點頭。

「能不能舉個例子。」

「好，我想一下……」她咬著右手食指，思考了一會。「你明明就已經到了出席正式場合該穿著西裝的年紀，卻一直以來都是T恤牛仔褲的打扮。

「你明明就該對一些小朋友的玩具感到幼稚無聊，卻曾經在公園裡面找小朋友猜拳，只為了誰贏誰就可以玩盪鞦韆。

「你明明就到了該對時事和政治有情緒反應的年紀，卻被我發現你只是拿著原子筆，在報紙的陳水扁照片臉上畫烏龜。」

「還好妳沒有說我已經到了該認真交女朋友的年紀，卻只會躲在家裡看A片。」我開玩笑地說。

「你這種年紀了還會看A片？」她有點不敢相信。

「當然會，」我可驕傲了，「我電腦裡有三十G的A片，要不要燒幾片給妳？」

我跟宜珊在一起三年多，我們不曾吵架，不曾有過爭執，當她生氣的時候，我會安靜地聽她說；當我壓抑不住脾氣的時候，我會告訴她我在想什麼。

我們有良好的溝通，有培養了很久的默契。一直到她開始注意到我的部落格，我才發現她的眼神裡總會有些失落。

我的部落格瀏覽人次有百餘萬，以一個出版人來說，不是很多，但也不算太少。我時常在上面發表一些文章，除了對近期新聞的一些看法，對某些社會現象的觀察，或是一些發牢騷的鳥文章，其他的都是我的小說。

我的部落格每天都有人留言，絕大部分都是鼓勵我跟支持我的，只是總有某些莫名其妙的神經病，認為我的部落格瀏覽人數很高，所以來貼一些廣告。

「減肥聖品，讓妳光是坐著就能瘦二十公斤。」這是直接拿菜刀來割嗎？

「經濟不景氣，在家工作讓你月入數十萬！」這是啥？躺著賺嗎？

「讓你訂單接不完！加入○○部落格廣告，讓你財源滾滾。」去你的！原來這些廣告就是你貼的！給我滾！

「日本最新AV女優空降版DVD發售中。」……嗯，這個我會參考一下，啊……不！我是說，我會直接刪除……

我曾經問過宜珊，爲什麼看了我的部落格之後，她就會變得有點奇怪。但她總是轉頭笑笑地看著我，然後說：「哪有？」

其實有，眞的有，只是她沒有說。

沒有說的問題，通常很嚴重。

07

搬到暮水街的第二天，我徒步把方圓數百公尺的地方都走過一遍，熟悉一下環境，主要是要了解哪裡有便利商店，哪裡有小吃店，哪裡有我家牛排，還有公園離我住的地方有多遠。

爲什麼要去找公園呢？因爲我很喜歡散步，通常散步的最佳地點就是公園。公園裡空氣好、安靜，而且綠意盎然，雖然有時候會被狗追。

我在離住處走路大概十分鐘距離的地方找到一家賣腳踏車的店，它的櫥窗裡擺了一輛很漂亮的腳踏車，我一時好奇，走進去問了問老闆：「請問，那輛腳踏車多少錢？」我指著那輛漂亮的腳踏車。

「那輛啊，十九萬。」老闆的語氣很平常。

「十、十九萬？」我驚訝得差點被自己的口水噎到。「這輛車會唱歌嗎？」

「那是一部好車啊！」老闆走到我身旁，拉著我的手臂，走到櫥窗旁邊，很仔細地介紹了那一部車，他說那車有二十段變速，奈米碳纖維的車身，「奈米聽過吧？碳纖維聽過吧？這兩個加起來有多輕你知道吧？」然後他繼續說了很多很專業的名詞。

「老闆，你說得很專業，很好，但是我聽不懂。」我說。

「聽不懂沒關係，把它買回家，騎上去就知道了。」

「我想我並不需要一輛價値十九萬的腳踏車。」我搖搖頭，有點冒冷汗。

「其實這不是一輛腳踏車，而且請不要叫它腳踏車，它眞正的名稱是城市休閒車，因爲騎上它你就會覺得很休閒，一點都沒有騎腳踏車的疲累感。一輛好的腳踏車可以帶你上天堂，不好的腳踏車可以讓你住病房……」老闆又劈里啪啦地說了一大堆。

「呃……那我寧願選擇住病房，可以嗎？」我說。

最後我買了一部非常便宜，只要幾千塊的捷安特，老闆說我很有耐心地聽他介紹城市休閒車，所以送我一個腳踏車的鈴鐺。

「這個鈴鐺是非常好的鈴鐺，用不鏽鋼材質做的，不像以前的鈴鐺，如果被雨淋到，或是被水弄濕之後沒多久就生鏽，然後就被鏽卡死沒辦法發出聲音。一個好的鈴鐺可以帶你上天堂，不好的鈴鐺可以……」

「……」

沒等老闆說完，我說了一聲謝謝之後，就趕快騎著新腳踏車離開。騎了一陣子之後，我心裡還在想，爲什麼這個老闆這麼喜歡讓人上天堂呢？

中餐時間已到，我隨便選了一家飯館解決。其實我本來是想去吃我家牛排的，但不知道爲什麼，那間我家牛排不只客滿，外面竟然還有大概二十個人在排隊。

我選擇的是一家快餐店，主要以賣便當爲主，我叫了一個雞腿飯，老闆娘說我可以從菜櫥裡選三樣菜。我看了一下菜櫥裡的菜，只有三樣。

我說要在店裡吃，她卻把它包成便當。我心想包成便當也無妨，帶著到公園去吃也不錯。

中午時分的公園沒什麼人，應該說是完全沒有人，只有一隻被便當的香味引來的狗。我選了一張比較乾淨的公園椅坐了下來，一邊吃便當，一邊跟我眼前的那隻狗說話。

牠是隻看起來很健康，只是有點瘦的白狗，身材普通，大小適中，眼神無辜得像一隻小海豹，當我在啃雞腿的時候，牠就像快要掉眼淚一樣地看著我。

「你別這樣看著我的雞腿，從來就沒有海豹會吃雞腿的，你知道嗎？」我說。

「……」牠依然無言地看著我。

廢話！牠當然是無言地看著我！如果牠眞的說話了，我大概會嚇得當場尿褲子。大概是被牠盯著看太久，害得我的食欲大減，我把還剩一半左右的便當放在地上給牠吃，然後從口袋裡拿出面紙擦擦嘴。

我要騎上腳踏車離開時，牠叼著那根雞腿骨，跟在我後面跑著，我停下來，牠就跟著我停下來，我一騎動，牠就跟在我屁股後面。

「我只有一個便當，你別跟著我。」我說。

「……」

「我唯一的一根雞腿骨你也已經吃掉了，不要跟著我。」

「……」

「你不能跟著我，我不會把你帶回家養的。」

「……」

牠當然什麼也沒說，也沒有任何反應，只是一直搖著尾巴看著我。

我把車子停好，然後撿起一根樹枝，「你看著，記住這根樹枝喔，記住喔，我要丟出去囉，你要去追喔！」我很認眞地對著牠，一字一句地指示著，然後用力把樹枝往前一丟。

牠很快地跑去追那根樹枝，我也很快地騎上腳踏車離開公園。

然後我騎著腳踏車，找到我的存款銀行，把還欠房東的十七萬匯給他之後，在銀行的騎樓接到IKEA的電話，他們說找不到暮水街，要我去附近的捷運站等他們。

IKEA的人剛把我的東西送齊之後沒多久，我接到燦坤的電話，當時我正在組合我的小沙發。燦坤的人說他們找不到暮水街的位置，要我去附近的捷運站等他們。

燦坤的人把我買的家電送齊了之後，我繼續組合我的傢俱，沒多久，我又接到房東的電話，他說他買了一台中古洗衣機，並且請中古家電行送過來給我，但他們找不到暮水街，要我去附近的捷運站等他們。

等我把所有的傢俱通通組裝好，還把所有的家電擺在適當的位置，並且插上電時，時間已經是晚上七點了。三月只是春天的開始，天黑得很快。爲了讓房子通通風，我不只沒關上大門，同時也打開了落地窗，這時隔壁的小希剛好回來，看見我坐在地上收拾那些傢俱和家電的包裝箱。

「嘿！阿尼，你把房子整理好了啊？」她開口打招呼。

「對啊，今天我買的東西都送過來了，我花了大半天的時間在整理。」我對她笑了一笑。

她把頭探到我的屋子裡面看了一看，「你弄得很好呢！」她點點頭，表示稱許。

「嗯？還好啦，都是現成的東西，IKEA買一買，找個地方擺一擺，也就差不多了。妳要不要進來坐一下？雖然沒有什麼咖啡或是高級紅酒招待，不過我有純喫茶。」

「不不不，」她搖搖頭，「我等等還要去上課，改天再來你家作客。」

「上課？」我不明所以地問。

「喔，只是上瑜伽。」她回答。

「瑜伽？」我上下打量她的身材，「依妳的條件，不需要上瑜伽啊。」

「喔不！」她笑了出來，「我都胖在你看不見的地方。」

「妳謙虛了。」

「你過獎了。」

過了幾秒鐘，她像是想起了什麼似的，「啊哈！看樣子我得送你一個小東西，歡迎你當我的新鄰居。」

「不不……」我站了起來，急忙揮著手，「不用送我東西，我什麼也不缺。」我還在說話的時候，她已經拿出鑰匙，準備打開她的房門，「別客氣，那東西不用錢的，是我無聊時，看工藝書做的小東西而已。」說完，她的房門也打開了，照慣例，她的乖女兒又戴著鈴鐺衝出來了。

「你等我一下！」她回頭對我說，然後俐落地伸出右腳擋住她乖女兒的路，「不行！你不能出去！」她像個在對女兒訓話的媽媽。

沒多久，她就拿著一個用黃色毛線織成、大概一個手掌大小的小袋子走出來，「這個送給你。」她把小袋子遞給我，「我從來就沒織過東西，所以我的手藝很差，你看，」她指著袋子的右下方，「我還把它織歪了。」她吐了吐舌頭，笑了一笑。

「喔！」我看著她手指的地方，「它歪得剛剛好，反而有設計感。」

「眞的嗎？」她笑得更燦爛了，「這眞是一句安慰人的好話。」

「謝謝妳送我禮物，我想我該回送妳一個東西。」我說。

「不，不用了，你只要不嫌棄這個小禮物，我就很開心了。」

「一點都不嫌棄，我已經在想要怎麼使用這個袋子了。」

那天晚上我騎著腳踏車出去吃飯時，經過我家牛排，我的天，竟然跟中午一樣，又是客滿，而且外面有很多人排隊的情況。

我外帶了一個酢醬麵和一個蛋花湯回家，還到7-11買了一個可以黏在牆上的3M無痕吊鉤。我在那個黃色小袋子上面別了一張紙，寫著「阿尼的信袋」，然後把吊鉤黏在門上面，吊著那個小袋子。

「它看起來就像是一個信袋啊！」我心裡這麼想著。

IKEA，好地方。

08

一天晚上，我正在構思下一部小說的故事架構。我一直想用很少很少的出場人物，寫出一部很好看很好看的小說，就像電影《浩劫重生》一樣，湯姆漢克斯自己一個人就演完了電影裡五分之四的戲，其他的演員只演出了剩下的五分之一，戲份比一顆破爛排球還要少很多，連女主角海倫杭特出場的時間都遠遠不如那顆排球。

當然啦，一個故事的組成，得先由故事背景開始著手去思考。《浩劫重生》之所以能用最少的演員，演出一部最好看的戲，主要在於故事的背景設定類似《魯賓遜漂流記》，在荒島上生活當然用不到大量演員。

我想挑戰自己，嘗試用最少的出場角色，寫出一部非常好看的小說。不過一直以來都只停在「很簡單的小說，很少很少的角色，很好很好的情節」這個思考點上，卻一直沒有一個具體的小說背景與思考方向。

我還在想著該寫些什麼時，阿忠突然登入MSN，於是我用MSN跟他聊了起來，我告訴他我一直以來都很想寫這樣一個故事。

阿尼不要每集都死，好嗎？ 說：

阿忠，你聽我說，我一直以來都很想寫一部很簡單的小說，登場角色只有兩個，而且為了確保只有兩個角色出現，所以故事可能必須發生在一個荒島上。為什麼一定要荒島？因為荒島沒有其他的人煙，這樣就能確定不會有其他人出現。

有個男孩叫忠哥，每天只會笑呵呵 說：

不會有當地土著或是食人族或是大腳怪嗎？

阿尼不要每集都死，好嗎？ 說：

沒有。就算有我也不會寫出來！

有個男孩叫忠哥，每天只會笑呵呵 說：

喔！然後呢？那個島在哪裡？

阿尼不要每集都死，好嗎？ 說：

那個島在地球上。

有個男孩叫忠哥，每天只會笑呵呵 說：

你的意思是你不會交代那個島的位置？

阿尼不要每集都死，好嗎？說：

對。

有個男孩叫忠哥，每天只會笑呵呵　說：

好。你繼續說。

阿尼不要每集都死，好嗎？說：

故事的開頭是這兩個人一起開著遊艇出遊，原本一切都非常順利，卻在接近傍晚的時候誤駛入一個正在轉變成強烈颶風的暴風圈。

有個男孩叫忠哥，每天只會笑呵呵　說：

好。我先問一下，這兩個人是一男一女？還是兩個男生？還是兩女？

阿尼不要每集都死，好嗎？說：

目前是偏向一男一女的設定。

有個男孩叫忠哥，每天只會笑呵呵　說：

這表示他們是情侶囉？

阿尼不要每集都死，好嗎？說：

不管他們是不是情侶，反正他們就是一男一女。

有個男孩叫忠哥，每天只會笑呵呵　說：

喔！好，你繼續說。

阿尼不要每集都死，好嗎？　說：

然後暴雨和狂風讓他們飽受折磨，在歷經好幾個小時的驚濤駭浪之後，遊艇因為無法承受大浪的撕扯，終於斷成兩截，而兩個人也就穿著救生衣在海面上漂流，一直到天亮。

有個男孩叫忠哥，每天只會笑呵呵　說：

幹！這暴雨狂風有點唬爛！最好是能讓遊艇斷成兩截啦！

阿尼不要每集都死，好嗎？　說：

為了精彩度，故事就要這樣設定，請你尊重我的創意好嗎？

有個男孩叫忠哥，每天只會笑呵呵　說：

是是是，對不起，我錯了。那為了故事的精彩度，要不要在他們漂流的時候加入一條會追殺他們的鯊魚？

阿尼不要每集都死，好嗎？　說：

幹！你腦袋進水嗎？人在海裡被鯊魚追還能活嗎？

有個男孩叫忠哥，每天只會笑呵呵　說：

抱歉抱歉，我忘了。你繼續。

阿尼不要每集都死，好嗎？　說：

他們幸運地存活了下來，並且漂流到一個荒島上。為了繼續活下去，他們開始在荒島上生活，並且在那裡最大的平地上，用石頭排列出「Help」的字形，期待有飛機經過可以看見。

有個男孩叫忠哥，每天只會笑呵呵　說：

那他們是不是也該燒一些狼煙之類的？

阿尼不要每集都死，好嗎？　說：

燒狼煙幹麼？戰爭嗎？

有個男孩叫忠哥，每天只會笑呵呵　說：

排那些石頭只有飛機看得見啊，如果是經過的郵輪就看不見了，所以要燒狼煙。

阿尼不要每集都死，好嗎？　說：

你說的有道理，我會把這個狼煙加進去。

有個男孩叫忠哥，每天只會笑呵呵　說：

嗯，這樣比較合理。你繼續說。

阿尼不要每集都死，好嗎？ 說：

然後好幾個月過去了，仍然沒有任何一架飛機飛過，他們開始懷疑這座島的上方並不是飛機航線，所以才會沒有飛機經過。

有個男孩叫忠哥，每天只會笑呵呵 說：

好絕望的感覺，然後呢？

阿尼不要每集都死，好嗎？ 說：

他們開始有了在這個島上終老的體悟與打算了。

有個男孩叫忠哥，每天只會笑呵呵 說：

喔？所以他們會生小孩？

阿尼不要每集都死，好嗎？ 說：

你不要想那麼快！他們會先把房子蓋起來，至少要先有一個地方可以擋風遮雨。

有個男孩叫忠哥，每天只會笑呵呵 說：

然後蓋好了之後，準備生小孩？

阿尼不要每集都死，好嗎？ 說：

還沒有要生小孩啦！他們至少要先種植一些蔬果，不然每天都吃海裡的生物，肯定會海產中毒的。

有個男孩叫忠哥，每天只會笑呵呵　說：

種完了之後，準備生小孩？

阿尼不要每集都死，好嗎？　說：

幹！你不要一直生小孩好嗎？

有個男孩叫忠哥，每天只會笑呵呵　說：

生小孩有戲看啊！這是為了故事的精彩度著想！

阿尼不要每集都死，好嗎？　說：

那個以後再說。總之，他們就在島上生活，並且有了要在那裡過一輩子的認知了。

有個男孩叫忠哥，每天只會笑呵呵　說：

這樣從一開始看下來，感覺很無聊耶，好像沒有什麼引人入勝的環節。然後你又不生小孩，這樣出場人物就少了，少了出場人物，故事情節要轉彎要編排的地方就很少。

阿尼不要每集都死，好嗎？　說：

你說的有道理，那不然再多加一個從海上漂來的人好了。

有個男孩叫忠哥，每天只會笑呵呵　說：

可是你不是說故事場景設定在荒島上，就是不要有漂來的人嗎？

阿尼不要每集都死，好嗎？　說：

那……那漂來的那個是死人好了。

有個男孩叫忠哥，每天只會笑呵呵　說：

是死人的話你寫他幹麼？

阿尼不要每集都死，好嗎？　說：

對啊！那我都說不要多出角色來了，你一直要生小孩幹麼？

有個男孩叫忠哥，每天只會笑呵呵　說：

你有毛病嗎？一男一女在荒島上，每天除了打魚跟打屁之外，最好是不會親親抱抱摸摸啦！荒島又沒有7-11可以買保險套，最好是不會懷孕啦！

阿尼不要每集都死，好嗎？　說：

說不定那個女的很醜，那個男的對她一點興趣都沒有。

有個男孩叫忠哥，每天只會笑呵呵　說：

最好是一個很醜的女生還會有人用遊艇載她出去玩。就算她真的很醜好了，那荒島上也沒有其他的選擇了，你敢說此時能把持得住？

阿尼不要每集都死，好嗎？ 說：

不管啦！反正他們沒生小孩就對了！

有個男孩叫忠哥，每天只會笑呵呵 說：

幹！有沒有生我又沒差！你堅持角色不要多也可以，起碼你的結局要很好看吧？說說看你的結局是什麼？

阿尼不要每集都死，好嗎？ 說：

最後的結局是他們兩個發現一個山洞，鼓起勇氣走進山洞裡，是生是死留給讀者們自己去想，也就是說，我只寫出結局的情況，而結局中的結果讓讀者自己去發展。

有個男孩叫忠哥，每天只會笑呵呵 說：

那你會怎麼寫？

阿尼不要每集都死，好嗎？ 說：

「在一片漆黑的山洞中，只聽見兩人一陣慘叫，並且發出巨大的聲響。」這是那部小說的最後一句話。

有個男孩叫忠哥，每天只會笑呵呵 說：

幹！零分！有夠難看！等你決定要生小孩之後我們再來討論！

阿忠說完這句話就下線了，可見他非常希望這兩個人能生小孩。不過我是很認眞地希望在不要生小孩的情況下，寫出一部簡單的小說。

看來這部小說註定難產。

跟阿忠聊完MSN，時間已經是晚上十一點，這時隔壁的小希來按我的門鈴，我開門之後，她臉上堆滿笑意，問我：「我要去買紅豆湯加芋圓，你要吃嗎？我可以順便幫你買回來。」

在那一瞬間，不知道爲什麼，她的笑容好像有電流，直接通過我的心臟。

（我可以把前面那個故事寫出來，並且命名為〈阿尼漂流記〉嗎？

09

就在梅格萊恩騎著腳踏車，放開雙手，雙眼緊閉，臉朝著天空，似乎在享受著類似天使飛翔的感受，但再過一下子就會被一輛大卡車撞死的時候，我的門鈴響了，是小希買了紅豆湯加芋圓回來了。

「你在看什麼？」她把紅豆湯加芋圓遞給我，眼睛盯著我的電視。

「一部車禍片。」

「車禍片？」

「啊，不，我說錯了，是一部愛情片。」

就在我說完這句話時，卡車來了，梅格萊恩就變成天使了。

「這部片叫什麼？」

「《X情人》。」

「咦？」她思考著什麼似的，「這片名好熟。」

「嗯，就是妳在想的那一部。」

「啊！」她很用力地想著，「就是那個誰……那個誰演的……」

「梅格平胸跟尼可拉斯苦瓜。」我點點頭。

「什麼瓜？」她沒聽清楚。

「不，沒事。」我說。

「這部很悲耶。」她指著我的電視，皺起了眉頭。

「是啊，非常悲。」

「你愛悲劇片？」

「嗯，」我又點點頭，「我愛悲劇片，也愛紅豆湯加芋圓。」

她笑了出來，說我很愛耍嘴皮子。我拿了紅豆湯的錢要給小希，她對我搖了搖手，「下次換你請客。」開門進她的屋子前，她回頭這麼對我說。

又有一道電流穿過我的身體。

其實《X情人》我已經看過很多遍了，但每當電影台重播這部片，我就會放下電視搖控器，然後乖乖地把它看完。

會讓人放下電視搖控器的電影很多，尤其是周星馳的電影。

當你看見螢幕裡面，吳孟達對著周星馳說：「人家是黑社會。」周星馳說：「不，你是娘娘腔。」吳孟達又扭扭捏捏地說：「不是～人家是黑社會～」周星馳又答說：「你是娘娘腔的黑社會。」吳孟達又扭扭捏捏地說：「不是啊～我是黑社會～我是金牌殺手～」

其實你知道下一句周星馳就會說：「ＯＫ！你是金牌殺手，但也是娘娘腔的金牌殺手！」但你還是會把它看完，並且大笑出來。

或是你看見唐三藏被至尊寶請進屋子裡，對著至尊寶說：「你知不知道什麼是噹噹噹噹噹噹？」至尊寶問：「什麼噹噹噹噹啊？」然後唐三藏就說：「噹噹噹噹噹噹噹，就是……」然後深呼吸一口氣，開始唱起來，「Only you，能伴我取西經，Only you，能殺妖和除魔，Only you 能保護我，叫螃蟹和蚌精無法吃我，你本領最大，就是 Only you……」

然後暫停了一會兒，至尊寶想接話，但唐三藏突然間又繼續唱下去，「喔喔～Only you，別怪師父嘀咕，戴上金箍兒，別怕死別顫抖，背黑鍋我來，送死你去，拚本命爲眾生，犧牲也值得，南無阿彌陀佛。」

你明明知道唐三藏唱完之後會被至尊寶海扁一頓，但你就是會把它看完，然後笑到一個不行。「喔你媽個頭啊！你有完沒完？我都已經說不行了你還在那邊喔喔喔喔，完全不理人家受得了還是受不了啊你？你再喔我一刀捅死你！」至尊寶說。

電影有這種讓人一看再看的魅力，那小說呢？

其實我一直在想，該怎麼把一部小說寫得跟一部電影一樣順暢、引人入勝？當觀眾花了兩百多塊買了一張票，走進那間烏漆抹黑的大房間裡，跟著許多人一起盯著大銀幕看，從第一個畫面出現，整個人和情緒就被那部電影牽著走，一直到最後一個畫面，才像靈魂又回到自己的身體一樣。

電影說故事的方法好順暢。那小說可以嗎？

當讀者花了兩百多塊買了一本書，選了一個自己喜歡的地方，坐著或躺著開始翻頁，從第一段的第一個字開始，整個人和情緒會被書裡的每一個情節與對話牽著走，一直到最後的那一個「The End」出現。

我最想寫的，是一部像周星馳電影一樣有吸引力的小說。就像我已經看了N次的《唐伯虎點秋香》，但每一次在某某電影台重播時我就會放下電視搖控器一樣。

如果有人已經看了我的小說N次，但每一次看見我的小說就會再拿起來翻一翻的話，那是不是代表我成功了？

我曾經聽宜珊說過，如果她代表的是所有的讀者，那我的小說一定是失敗的，因爲她從來沒看過我的小說。

幸好她不代表所有的讀者，不然靠寫小說吃飯的我已經餓死在路邊了。

宜珊說她在大學時曾經試著寫過小說，中篇的，大概三萬字左右的。她受到一些國外少女漫畫的影響，所以給書中角色起的都是英文音譯名，例如約翰或是瑪麗。我問她爲什麼要寫小說，她說因爲她念中文系，寫寫散文或小說好像是中文系的基本技能，所以她很努力地寫完那一部小說，三萬字大概花了她半年的時間。

我笑她，念中文系就要把寫小說當基本技能的話，那念核子工程系的沒事不就要做出一顆核彈？念生命科學系不就要嘗試自殺？

不過因爲她的笑點很高，這種玩笑話她笑不出來，所以我只得到了她一雙白眼。

有一天她拿了那一部中篇小說給我看，篇名叫作〈灰色的耶誕節〉。她的第一回合是這麼寫的：

有個女孩子叫作安琪蘿，她深愛著夏洛特，而韓德森是安琪蘿的青梅竹馬。

韓德森跟安琪蘿一起長大，兩個人的感情很深厚，安琪蘿也一直覺得她是喜歡著韓德森的。

直到夏洛特的出現。

夏洛特讓安琪蘿陷入迷戀，他擁有韓德森所沒有的特質與魅力，他讓安琪蘿無時無刻都想見到他。

在夏洛特與韓德森之間，她必須做出抉擇。

而故事發生在某一年的耶誕節，靄靄白雪覆蓋整個世界，在安琪蘿的眼中，城堡外的那一片並不是雪白的平原，而是灰色的。

「有城堡？有平原？」看完第一回合之後，我轉頭問她。

「對，有城堡有平原。」

「所以有國王囉？」

「國王？不，我沒有設定這個角色。」

「那為什麼會有城堡？」

「因為安琪蘿的父親是個爵士。」

「所以是類似皇室裡面的愛情故事？」

「對。」

「一共有幾個角色？」

「三個。」

「就這三個？」

宜珊看著我，肯定地點點頭。

「那安琪蘿的爵士老爸呢？」

「他不會出場。」

「不會出場的人物，妳卻替他設定了城堡？」

「很奇怪嗎？」

「很……」我本來想說很奇怪，但說不定她的情節設計得很精彩，所以我話到喉頭又吞了回去。

「妳這第一回合，字數會不會太少？」

「這不是第一回合，這是劇情提要。」

「這……」我搖搖頭，「如果妳要寫的是小說，那麼是不需要劇情提要的。」

「我看漫畫的時候，前面都會有一段這個。」

「那是漫畫，而這是小說。」我指著她的作品。

「那你幫我刪掉。」

「不，這是妳的作品，妳要眞的明白這是錯誤寫法之後再自己刪掉。」我說。

然後我花了大概四、五十分鐘看完了她的〈灰色的耶誕節〉，最後的結局是安琪蘿選擇了韓德森，而夏洛特被放棄的原因，是因爲他有著想要成爲爵士的企圖心，而安琪蘿只想平平凡凡過一生，所以她選擇了平凡的青梅竹馬韓德森。

「我能不能問一下……」看完之後，我心裡有很多問號。

「什麼？」

「爲什麼妳要這樣安排？爲什麼她要選擇韓德森？」

「有兩個原因，第一個是我故意在前面營造夏洛特的競爭優勢，讓大家都以爲安琪蘿會選擇夏洛特，但最後來個大翻盤。」

「妳要一個出乎意料的結局？」

「對！」她有點得意地說：「很讚吧！」

「那第二個原因呢？」

「第二個原因，其實是我的個人想法。」

「什麼？」

「因爲我是個想平平凡凡過一生的人，如果我身邊出現平凡的韓德森和出眾的夏洛特，我應該也會選擇韓德森。」

「喔。」我點點頭，「所以韓德森是這樣贏的？」

「對。」

「那……我還有另一個問題。」

「什麼？」

「妳的小說篇名叫作〈灰色的耶誕節〉？」

「對。」

「那爲什麼裡面沒提到任何一個有關耶誕節的事情？」

「因爲我忘了。」

「什麼？忘了？」

「我忘了要寫耶誕節。」她吐吐舌頭，有點尷尬地笑了一笑。

我跟宜珊分手之後，她的那一部小說還留在我家裡，並沒有拿回去。我記得我們討論這部小說的那一天，是我們在一起的百日紀念。那天宜珊說她要煮晚餐給我吃，慶祝這一天的到來。

我記得那時候她在廚房裡忙了好久，接著她咚咚咚咚地跑出廚房，然後拿起電話撥二八八二五二五二。

其實我本人對什麼在一起滿月紀念、百日紀念和什麼週年紀念之類的東西是沒有任何想法的，還不都是過日子嗎？我並不會因爲紀念日所以更愛妳，更不會因爲不是紀念日就不愛妳。

所以兩個人在一起，什麼情人節中秋節端午節耶誕節或是拍馬屁節這些無聊的節日對我來說都不重要，即使對方很在意這些日子，我還是會說：「沒有這些日子，我依然愛妳。」

宜珊跟我抱怨過我這樣的個性，她說一個寫了許多主題是愛情的小說的人，爲什麼一點都不浪漫呢？

「如果寫愛情小說的人就一定要浪漫，那開計程車的司機都要會賽車囉？」當時我是這麼回應她的。但我說過她的笑點很高，所以她並沒有笑，只是給了我一雙白眼……

啊不，不是一雙白眼，而是一雙……失望的眼神。

有愛的每一天，都值得紀念。又何必拘泥於日曆上的那些標記呢？

故事

每走過一個地方，就有一段故事。

主角只有兩個人，背景就是正在下雪的天空，或是正在飄著的雨。

然後故事疊著故事，疊出一個厚度了，
許久之後再一次被翻動，就已經不叫作故事……

而是回憶了。

回憶之所以美好，是因爲就算刻意再去重建，
也沒辦法跟原來的一樣了。

10

因為已經創作很多年了，造就了我很快的打字速度，還有很快的文章組織能力。所以宜珊問過我，一篇一千字的文章，我大概要寫多久。我說這有很多的前提要考量，所以沒辦法給她一個答案。

「如果限定一千字，而且已經有個題目給你呢？」

「什麼樣的題目？」

「大概類似『我對某某現象的看法』這種的。」她說。

「那大概需要半個小時吧。」

「如果題目是『我對AV女優的研究』呢？」

「這個我可能寫不到一千字，我對AV的研究不透徹……」我承認，我在說這句話的時候有點心虛。

「那如果題目是『我看陳水扁』呢？」

「那我大概可以在一小時內寫三千字，其中有一千五百字是幹○○或是操××，順便把題目改成『我操陳水扁』。」我說。

宜珊看我如此氣憤，好像要變身成為超級賽亞人似的，她趕緊拍了拍我的胸口，我的情緒才慢慢平靜下來。

「冷靜點，忘了剛剛的題目。現在要你去想，如果是一個普通的題目，要你寫兩千字呢？」她說。

「那大概要一個小時。」

「如果是一萬字呢？」

「那這個題目可能得經得起深入探討，才有辦法寫到一萬字。」

「如果是一封情書呢？」說完之後，她露出詭譎的笑容。

「如果我很愛她的話，一萬字只是普通字數而已。」我很認眞地說。

「那你愛我嗎？」她很認眞地問。

一直到我們已經分手的現在，我都不曾告訴她「我愛妳」這句話，所以當她第一次問我愛不愛她的時候，我只是笑了一笑，點了點頭。

「你愛我嗎？」她問。

我點點頭。

「你愛我嗎？」她又問。

我又點點頭。

「你愛我嗎？」她再問。

我再點點頭……

就這樣不停地循環，那天晚上，我一直在點頭，一直在點頭。

只是點頭不夠嗎？我一直在問自己這個問題。

宜珊在她的部落格上面寫了一篇文章，標題是〈點頭就是愛了？〉，她把我跟她之間的對話寫了上去，然後在最後補了一句：「我也沒有說過愛他，如果他問我同樣的問題，我會不會也只是點頭呢？」

我們出門會牽手，看風景的時候會摟腰，有時候會一起洗澡，上床做愛就更不用說了。

兩個人有這種程度的親密，卻連一句愛都說不出來，到底是我們太膽小？還是我們都太自大？

膽小是因爲不敢說。因爲先承認了愛的人就等於先輸了。

自大是因爲我們都認爲早就是愛了，所以不需要刻意掛在嘴邊。而且說了會更愛嗎？沒說就不愛了嗎？

愛情眞的很難理解，但每天都有人跳進愛情裡面來尋找答案。

我曾經聽過一個笑話：

有一天，甲乙丙三個人走在路上，遇見了上帝。

上帝說：「如果你們能告訴我愛情是什麼，你們就可以上天堂。」

甲想了一想，說：「愛情是一種毒藥，讓人很難戒除。」

上帝聽了之後說：「嗯，說得對，但不夠好。」

然後乙說：「愛情是一種精神，它讓人忘了自己，並且學會寬容。」

上帝聽了之後說：「嗯，說得好，但還是差了點。」

這時丙看著上帝，而上帝也在等待他的回答。

「該你回答了，丙，你怎麼不說話呢？」上帝催促著。

丙突然開始哈哈大笑，甲、乙和上帝都不知道他在笑什麼。

「因爲我發現，連上帝都不知道愛情是什麼啊！」丙說。

如果連上帝都不知道愛情是什麼，那誰知道呢？

曾經神諭說過，世界上最聰明的人是蘇格拉底，如果拿「愛情是什麼」這個問題去問他，會得到什麼答案？

以我對蘇格拉底的了解，與其說他是一個極有智慧的人，不如說他是一個很會躲的人，因爲他對事情永遠沒有直接的看法，他一直以來都是用「我什麼都不懂」來回答。

所以當我問他：「欸！愛情是什麼？」

他會說：「我什麼都不知道。」

我：「那智慧是什麼？」

他：「我什麼都不知道。」

我：「那麥當勞是什麼？」

他：「我什麼都不知道。」

我：「那蘇格拉底是什麼？」

他：「我什麼都不知道。」

然後我走到五十公尺遠，回頭開始助跑，給蘇格拉底一個飛踢。

雖然這段對話只是想像的，但看起來感覺像是在跟一個白癡對話，但神諭卻說他是天才。

所以神諭也是白癡？蘇格拉底也是白癡？不懂愛情是什麼的上帝也是白癡？

那懂愛情的人，就是天才囉？

我記得李敖說過他懂愛情，而且他還說過這世界上沒有他追不到的女人，只有女人追不到他。聽起來很有哲理，但其實只是臭屁話一句而已。然後他還說，想要了解什麼東西，就要去經歷過才能知道。

「所以想要了解妓女，就要去嫖過妓女才能了解。」李敖說。

那想要了解愛情，就得談過戀愛囉？

但是很多人都談過戀愛啦，爲什麼還是沒有人知道愛情是什麼？

我跟宜珊第一次見面的採訪過程中，宜珊問過我一個問題：「你寫了那麼多的愛情故事，相信你對愛情有一定程度的了解，你覺得愛情是什麼？」

「啊？」我搔了搔頭，「這範圍有點大，很難回答。」

「你寫了這麼多的小說，每一部都討論到愛情，可見你對愛情有很多看法，怎麼會很難回答呢？」

「呃……」我試圖拼湊一個比較具體的答案。

「眞的很難回答嗎？」

「是啊，非常難回答。這世界上應該沒有多少人能很正確地回答愛情是什麼。」我說。

「是嗎？」她有點懷疑。

「那麼我把這個問題還給妳，請妳回答愛情是什麼？」

「愛情就是相愛啊。」

「不不不，」我搖搖頭，連右手的食指都舉起來一起搖，「妳這是把題目講成答案。」

「不然呢？」

「妳所說的跟雞生蛋，蛋生雞的道理是一樣的。」

「怎麼說？」

「很多人都討論過，究竟是先有蛋還是先有雞，卻一直沒有結論。而妳說的愛情就是相愛，跟這個問題是一樣的。」

我深呼吸一口氣，「是相愛的兩個人產生了愛情，還是愛情讓兩個人相愛？」

聽到這裡，宜珊語塞了。

「因爲沒有一個準，沒有一個標準答案，所以愛情到底是什麼？我相信誰也不知道。」

是啊。眞的誰也不知道。

我不知道，宜珊不知道，上帝不知道，神諭不知道，蘇格拉底那個白癡就不用理他了。

我跟宜珊在一起三年多之後，有一天，我在台北舉辦簽名會，活動結束後回到高雄，在家裡看見她寫給我的分手紙條。

隔天我打電話問她，我們之間有什麼問題嗎？她說沒有，問題在她身上。

既然沒問題，爲什麼要分手呢？

果然，誰懂愛情，誰就是天才。

誰懂愛情，誰就是天才。

II

住在暮水街兩個星期後，我第一次在睡夢中被搖醒。

當然搖醒我的不會是人，因為我一個人住；也當然搖醒我的不會是鬼，因為我八字太重。

地震發生在深夜三點，我才剛躺到床上沒有多久，我打開床頭燈，然後拿了一本《三國群英傳》來看，就在我翻到孫權親自帶領十萬大軍圍攻合肥，而合肥守將張遼不但不懼怕，反而親領八百猛騎敢死隊衝入孫權的十萬大軍，殺得孫權嚇出一身冷汗時，我聽見一陣很低沉的轟隆聲，然後我的床頭燈閃了兩下，世界就開始搖晃了。

小希的尖叫聲在安靜的夜裡顯得十分淒厲。

我們住在三樓，其實搖晃得不算厲害，只是時間持續很久，所以感覺有些不安。我聽見小希的尖叫，趕緊去敲她的門，她開門之後，一臉驚慌地看著我，然後不停地問我：「阿尼！還在搖嗎？還在搖嗎？」

這天，我們就這樣各自坐在自己的家門口，一直到天有點亮的凌晨六點。一個是很想回去睡，一個是嚇到想睡卻不敢睡。

很想睡的那個當然是我。

「原來小希怕地震啊。」我說。

「不只。」

「嗯？」

「我還怕蟑螂、老鼠、壁虎、蜘蛛、蜈蚣、飛蛾、蚱蜢、青蛙、蟾蜍還有蛇。」

「……」

「所以我的貓要會抓蟑螂、老鼠、壁虎、蜘蛛、蜈蚣、飛蛾、蚱蜢、青蛙、蟾蜍還有蛇。」

「那妳要不要替牠穿一件內褲在外面？」

「幹麼？」

「寫個S就能當內褲外穿超人貓了。」我說了個笑話。

小希的笑點很低，所以她聽到內褲外穿超人貓的時候，笑到一個不行。

如果是宜珊聽見我說這個笑話，她大概會跟我說「無聊」吧。

「阿尼，你是做什麼工作的啊？為什麼你都不用上班？」小希好奇地問。

「啊？」我瞪大了眼睛，「妳到現在還不知道？」

「不知道啊，你沒跟我講過啊。」

「故事發展到這裡都已經第十一集了，妳還不知道我是幹麼的？」

「啊？什麼故事？」

「喔！沒有……嗯……我是說，我都已經住在這裡兩個星期了，妳早該知道我是幹麼的了吧？」

「你沒說我怎麼知道？」

「喔，對不起，」我點了一下頭，「我是一個寫手，我寫了一些書。」

她稍稍頓了一下，像是在思考什麼，突然，她一臉驚訝地看著我，「你就是那個寫網路小說的阿尼？」

「呃……」看她這麼驚訝，我有點失措，「是、是啊。」

「我的鄰居是個名人，我居然不知道？」

「噢，不用這樣，我一點都不像名人，」我揮揮手，「講得直接一點，再怎麼有名的人也都是要吃飯大便的。」

「也對啦。」她點點頭，「不過你真的很紅耶，我大學時還看過你的作品。」

「謝謝妳捧場，我相信上大號的時候，把我的作品拿到廁所裡解無聊應該還不錯。」

然後小希看到我手上的書，用手指指著問我，「你在看什麼書？」

「《三國群英傳》。」我把書的封面轉向她。

「好看嗎？」

「很好看啊。可以知道很多當時的猛將和謀士，以及他們的英勇事蹟。」

「你看到哪裡了？」

「我看到張遼帶八百個騎兵殺進孫權的十萬大軍裡，一整個猛。」

「張遼是誰？」

「是曹操手下的五良將之首。」

「五良將是什麼？」

「就是張遼、張郃、徐晃、于禁跟樂進。」

「為什麼有五良將？」

「這是陳壽在《三國志》裡面寫到的，因為他們的事蹟不凡，陳壽在《三國志》裡面還特別替他們五個人闢了一卷，就是寫五良將。不過我想當時的曹魏應該沒有這種排名或是團體。」

「說不定有，不然陳壽爲什麼要寫？」小希靠在她的門上，歪著頭問我。

「當時三國爭戰都來不及了，還有時間搞團體喔？」

「不一定啊，排一排又不會花多少時間。不過我覺得五良將這個名字沒有霸氣。」

「不然妳覺得要叫什麼？」

「叫……」她拉長了聲音，卻講不出一個名字來。

「叫五五六六好不好？」我說。

然後她又笑倒了，而且笑到她的乖女兒用很詭異的表情在看她，好像在說：「這個女人嗑藥了嗎？」

等她笑完了，張遼也病死在去攻打吳國的半路上了。當時的魏文帝曹丕還因爲他的死去傷心了很久。

然後小希問了我很多三國時候的事情，我就像講故事一樣，一件一件說給她聽。從三英戰呂布一直講到諸葛亮和司馬懿，甚至講到劉備已死，而他的兒子劉禪是個白癡，諸葛亮爲了蜀漢和劉備的遺命，擔起蜀國的大業，七次北伐。

講到我上了廁所三次，她也上了廁所兩次。然後她的乖女兒早就睡到四腿開開，她還在問我趙雲到底帥不帥。

「你好了解三國喔。」她瞇著眼睛，笑著說。

「打過電動的都很了解。」

「打電動？」

「大部分的男生在成長過程中，一定都玩過三國志的電動，電動打久了，相關的歷史就自然記起來了。」我說。

「我念書的時候，歷史有夠爛的。」

「大家都有很差勁的一門科目，像我的理化就遜爆了。」

「我的國文也很差，課文都背不起來。」

「我的數學差強人意，大學還差點重修普通微積分。」

「我的作文也不好，聯考時作文才拿到十分。」

「妳還贏我呢。」

「啊？」她驚訝地看著我，「我還贏你？」

「對，我才考七分。」我嘆了一口氣。

「我們同年嗎？」

「我們……」我看了看她，「應該，不會，同年，吧？」

「我一九八一年的。」她說。

「我一九七六年。」

「啊！」她眨了一下眼睛，「我們差了五歲……」她用一種我很老的表情看著我。

「但我外表看起來卻跟妳同年。」我用一種天生麗質不怕老的眼神看著她。

這一次她的笑點變高了，因為她白了我一眼。

「你幾月的？」

「九月。」

「處女座？」

「是啊！」我驕傲地點點頭。

「處女座的男生都很自戀。」

「哪有？那妳幾月的？」

「二月。」

「二月？水瓶座？」

「是啊！」她驕傲到抬起頭看著天花板。

「水瓶座的女生都很八卦。」

「哪有！」

「那我問妳……」我想了一會兒，「甲男跟他女朋友去電影院看電影，在他們約會的期間，甲男一直接到電話，而且每一次接電話都不敢讓他女朋友聽見，甚至當女朋友問他是誰打來的時候，他都只是輕描淡寫地說朋友，不敢直接、正面地回答女朋友。這時候問題來了……」

「不用說，甲男一定是劈腿了！」小希肯定地說。

「妳看，我就說水瓶座都很八卦。」我也很肯定地說。

「不然呢？」

「我問題都還沒問完，妳就說甲男劈腿，妳還敢說水瓶座不八卦？」

「不然你要問什麼？」

「我要問的是……」我深呼吸了一口氣，「請問！故事中的甲男貴姓？」

她愣了一會兒，想了一想，然後打了我一下，「誰會知道甲男貴姓啊，故事中又沒有講。」

「故事中也沒講他劈腿啊，但妳就說他一定劈腿了，這不是八卦是什麼？」

「那你說啊，甲男貴姓？」

「甲男當然姓『賈』啊，故事開頭的第一個字就已經說他是賈男啦！」

然後我不只被白了一眼，還被打了一下。

這時，遠處的天邊一片暈紫色，再過一會兒，太陽就要爬起來了。

她的乖女兒醒了，爬起來伸了一個懶腰，小希看了看牠，又回頭看了看我，然後用很睏很累的眼睛和聲音跟我說：「早安，阿尼。」

「早安，小希。」我笑了笑，點點頭。

「跟你聊天很愉快。」

「那是因爲妳的笑點很低。」

「我很久沒有跟人在半夜裡講這麼久的話了。」

「我也是。」

「謝謝你陪我說話，因爲我怕地震，害得你沒辦法睡覺，眞不好意思。」

「那改天找個時間陪我吃飯當補償吧。」我說。

她並沒有回話，只是走回她家裡，對著門外的我笑著點點頭。

老天爺讓我搬到暮水街，又讓我遇到小希，是不是要我寫下，暮水街的故事呢？

12

其實我想寫的故事有很多，但卻因爲它們都還沒有一個很完整的架構，所以直到現在，我都還不知道下一部作品到底要寫什麼。

我說過，我想要寫一部角色很少、發生在荒島上的故事。我把這個故事說給如玉聽的時候，如玉很直接地告訴我：「大哥，你與其寫阿尼漂流記，不如寫阿尼找死記，好嗎？」

因爲她語氣中帶有殺氣，所以我暫時打消了寫漂流記的念頭。

我也一直在構想一部愛情作品，故事發生在一個平凡樸實的小鎮，有三個人一起長大，其中兩個是男孩，一個是女孩。因爲他們都是孤兒，所以住在孤兒院裡。我希望故事當中提到的不只是愛情而已，更希望孤兒的背景能爲故事帶來一點悲傷氣氛……

「大哥，你打算寫安東尼、陶斯與小甜甜的故事嗎？」如玉冷冷地撂了這一句話。

「幹……被發現了。」

後來我還跟如玉說我要寫一個「再見了，可煮」的故事。可煮是一隻很可愛的狐狸犬，牠跟可魯是好朋友……我才說了開頭，就覺得如玉好像快要爆炸了，所以我只好安靜閉嘴。

不過阿忠說「再見了，可煮」這個故事很有搞頭，而且爲了防止別人把其他的名字用去，要我一次寫好幾隻，把可煎可炒可炸通通都寫下去，一定會大賣。

我忘了有沒有在電話裡罵他三字經，不過當下我眞的可以了解如玉的感覺。

地震當天早上，如玉打電話來，問：「這兩個星期寫了多少東西了？」

不過當時我還在恍惚狀態，因爲陪怕地震的小希東拉西扯地聊了一夜，我直到早上六點才睡覺。

「大概兩千字吧。」我覺得我的聲音一整個低沉。

「才寫兩千字？你都在幹麼？」

「嗯……大便小便還有吃飯睡覺……」

「過得很充實嘛！」

「是啊，一整個有意義。」

「凌晨的地震，你沒嚇醒吧？」

「沒有。」

「那就好，沒事就多寫點東西，別偷懶啊！」掛電話之前，已經當編輯當到有職業病的她還是不忘提醒我這件事。

不過身爲一個也有職業病的作者，我在掛電話的那一剎那間就忘了她的叮嚀了。

小希在一家貿易公司工作，每天早上八點半上班，下午五點半下班。然後她會去吃晚餐，接著去上瑜伽，然後回家陪她的乖女兒。

因爲她已經上了很久的瑜伽課，我猜她的筋骨一定很軟，我曾經請她表演過劈腿，她說她沒辦法一次愛兩個男人。我說她哪壺不開提哪壺，她哈哈大笑。

然後我用「聽說能用舌頭舔到手肘的人都會大富大貴」的老梗去騙她，她在原地努力了一分鐘，然後很失望地嘆了口氣，對我說：「看來我沒有富貴命。」差點把我笑死。

一天下午，我在她下班之前，在她的房門上貼了一張紙條，表示爲了慶祝我「新居落成」，我要請她吃牛排。

「你都已經住進來兩個星期了，還在新居落成啊？」

「不，眞的是現在才新居落成，我房子裡的最後一樣東西在今天才送來。」

「什麼東西？」

我回頭指著桌上的那盆仙人掌，「就是它。」

然後又過了一個星期，我記得那是四月一號，我的仙人掌被我用簽字筆畫上眼睛和嘴巴的那一天，我們吃了一頓愚人牛排餐。

「我從來沒有這樣吃過牛排！」走出那家店時，小希驚訝地說著。

晚上七點，我們準時到了那間牛排餐廳。店家爲了應景，在他們的菜單上動了手腳，如果沒有仔細看，肯定會點錯東西。

當服務生站在我的身邊，我指著菜單上的「柏格斯沙朗牛排」，並且對他說五分熟的時候，他問了我一句：「先生，您確定嗎？」

當小希指著菜單上的「法國道地鵝肝醬牛排」，並且對他說七分熟的時候，他問了小希一句：「小姐，您確定嗎？」

然後我們都認眞地再看了一次菜單，才發現我們點的東西後面有一行很小的字，上面寫著：「這一頁是假的，請翻下一頁。祝您愚人節快樂。」

這種高級牛排館會爲了某種節日設計這樣的小把戲，讓我覺得很有趣。但相對於這樣的有趣，在用餐時，現場的小提琴、鋼琴，外加薩克斯風的演奏就顯得正經八百了許多。

小希說她從來沒到過這麼高級的餐廳，坦白說我也沒有。

我只是上網搜尋了一些資訊，在價格不是問題的情況下，想找一間好吃的牛排館，結果就找到了這一家。我打電話訂位時，接聽的人竟然是先講英文再說中文！

「先生，請問您要訂什麼時候的位置？」

「四月一日，晚上七點。」

「請問幾位？」

「兩位。」

「請問您喜歡高背椅還是沙發？」

「高背椅。」

「請問是您本人要來用餐嗎？」

「是的。」

「請問您的用餐伴侶是女性嗎？」

「是。」

「請問是否需要為您的伴侶準備玫瑰花？」

「玫、玫瑰花？」

「是的。這是我們的貼心服務，在用餐的中停時間替您送一朵玫瑰花給您的伴侶，提供一個小驚喜。」

這就是我訂位時的對話，我這輩子從來沒這樣訂位過。就因爲訂位的過程有點太不一樣了，我直覺這間餐廳可能不太簡單，於是我對那天穿著七分袖襯衫和一件牛仔褲就要出門的小希說：「不好意思，如果可以，能不能換一件裙子、穿高跟鞋？」

「我現在知道你爲什麼要我換穿裙子和高跟鞋了。」坐在我對面的小希笑著說。

「不好意思，讓妳覺得彆扭。」

「我也知道你爲什麼要穿襯衫打領帶了。」

「我覺得挺彆扭的。」

「爲什麼要到這裡來吃牛排呢？」

「呃……」

「不會是眞的要慶祝愚人節吧？」

「喔！不，不是。」

「那不然呢？」她用手托著自己的左臉頰。

「因爲……因爲暮水街附近那間我家牛排一直客滿，我只好帶妳來這裡。」

「你騙人……」她笑得瞇起了眼睛。

這時服務生推著歐式的送餐小推車過來，上面擺了一個蓋著銀色金屬餐蓋的大盤子，他走到小希的旁邊對我示意，我點了點頭，他就拿起那個餐蓋，並且用手勢比著我說：「這是這位先生給妳的小驚喜。」

那大大的白金盤子上，只擺了一朵非常鮮紅的玫瑰花。

收到玫瑰花的小希，反應很特別。她沒有臉紅，沒有緊張，沒有害羞或不好意思，她只是看著那朵花，然後再看著我，連謝謝都沒有說，只是一直笑著。

嗯。只是一直笑著。

笑著就夠了。

13

「一個公眾人物跟一個記者在一起，你不覺得奇怪嗎？」有一天，我跟阿忠在他家樓下的車庫裡抽菸聊天，他提出了這個問題。

「哪裡奇怪？」我問。

「很奇怪啊！」他彈了一下菸灰，「她是記者耶，你不知道台灣的記者都很嗜血嗎？」

「嗜血？」

「是啊。媒體之間競爭激烈，產生了惡鬥，使得記者們都被訓練得很嗜血啊！同樣的一條新聞，哪一台報導得比較血腥刺激，或是挖得更深更臭的，哪一台的收視率就會比較高。電視台的高層從來不管那些新聞裡的受害人或是關係人，究竟有什麼心情感受，他們只想要那些新聞內容跟畫面，愈八卦愈深入愈血腥愈噁爛，那些電視台高層就愈會拍手叫好。」阿忠說得義憤填膺。

「嗯，我知道。」我點點頭。

「也就因爲如此，記者的素質低到一個不行，你也不是不知道。反正只要新聞夠辣夠鹹就好，新聞專業跟素質是什麼？能吃嗎？」

「嗯。」我又點點頭，然後吸了一口菸。

「你也不是沒看過，九二一的時候，記者到災區去報導新聞，看見別人的家屬因爲地震去世了，竟然問死者的家人說，『請問你現在心情如何？』」

說到這裡，阿忠補了幾個幹字。

「所以你想說什麼？」我抬頭看著他。

「怎麼說你也是個公眾人物。」

「然後呢？」

「跟記者在一起，你不覺得奇怪嗎？如果你們一直都相處得很好，那當然就沒事，但是哪天萬一你們翻臉吵架分手了，難保……」說到這裡，他用一種「你一定了解」的眼神看著我。

「所以你覺得宜珊會把我當新聞來寫？」

「這個我沒說喔，而且我眞的不是這麼想的，我的意思是，如果哪天你們分手了，她的同業和同事都知道你們在一起，一定會去問她，不然就是來問你，這條新聞雖然不是什麼大條的，但也可以放到娛樂版啊。」

「嗯，我知道你的意思，但我想宜珊不是這樣的人。」

「她不是這樣的人，但她的同事和同業可不一定，有新聞可以炒，當然不可以放過。」

「不會的，你放心吧。」我點點頭，又吸了一口菸。

「嗯，不會就好，我只是擔心你。」阿忠說。

其實這個問題，坦白說我是在跟宜珊在一起之後才想到的。

本來我跟阿忠有著相同的顧忌，但是當我想到，如果宜珊知道我是這麼在猜疑她的話，她一定會很受傷吧。

我不相信一個女人會把她的愛情當作新聞來炒作，如果她真的喜歡我的話。

「我真的很喜歡你。」宜珊說。

她說這句話的時候，夕陽剛要從西子灣的海平面上沉下去。我跟她在中山大學大門口的蘿蔔坑裡面接吻，後面有個孩子跟他的爸爸經過，指著我們說：「爸爸，我什麼時候可以跟他們一樣親親？」

小朋友，你長大也會像我這樣啦，不要急，好嗎？

跟宜珊在一起之後，第二年的夏天，我的作品創下銷售佳績，出版社發了新聞稿，並且在一家飯店包下了會議廳，舉辦一場慶功宴兼記者會。在記者會的前一天，宜珊打電話給我，說她那天被她的特派指定，得去跑一個高雄縣美濃鎮的新聞，不能到我的記者會來看我，要我記得穿得正式一點，不要再穿T恤牛仔褲了。

記者會當天，現場來了十幾個記者，包括平面媒體和電子媒體。現場還開放了數百個我的讀者進場，每一個讀者都帶了我的作品，有的還製作了海報。

慶功宴還沒開始，記者們已經開始訪問。在眾多的麥克風和攝影機之間，我看見了宜珊的電視台，但拿麥克風的人並不是她。

「阿尼，你的書在台灣的銷售量破了近十多年來，本土作家的新紀錄，這是你本來預期的成績嗎？」

「我沒辦法預期這個成績，我甚至不曾想過自己可以一直出書。」

「阿尼，能有這個成績，你高興嗎？」

「我當然很高興，如果有機會，讀者們也都繼續支持我的話，我希望這樣的成績可以持續下去。」

「阿尼，你的書會不會因此賣到國外去呢？」

「嗯，其實我的書很早就推到國外去了。」

「那國外的成績如何？包括中國大陸嗎？」

「國外成績我不太了解。當然包括中國大陸。」

「阿尼，你今天有這樣的成績，你想要感謝誰？」

「我要感謝出版社裡每一個為我的書努力的人，包括我的編輯，還有企畫部門的同事，他們眞的很辛苦。更要感謝我的每一個讀者，謝謝他們的支持。」

「除了這些人之外，你還想跟誰分享這份成績嗎？」

「我的爸媽，我的家人，我的朋友，還有……」

就在那一秒鐘，我差點說出宜珊兩個字。

因爲突然間收口，我愣了一會兒，眼神盯著拿著宜珊工作的電視台麥克風的記者，她是個短髮的女孩，但宜珊是長髮的。

「我要分享的人很多，在這裡說不完，總之，我很高興，謝謝你們。」說完這句話，我眼前的麥克風突然像是大退潮一樣地全部退開了，每一個記者都轉頭開始他們的工作。

訪問結束後，我拿著一杯紅酒，去向出版社的每一個人敬酒，就在我剛跟如玉哈啦完了之後，我在會議廳的角落，那個沒有什麼燈光照射到的地方，看見一個長髮的女孩。

她是宜珊。

「表現得不錯喔，大作家。」她說。

「妳知道我不喜歡被稱爲作家，我根本不夠格當作家。」

「那要稱你爲什麼？」

「妳的男朋友。」我說。「妳不是要去美濃？」

「我男朋友的慶功宴兼記者會，我是記者，怎麼能不來？」

「那剛剛爲什麼是妳同事來訪問我？」

「如果是我問你的話，你應該會緊張吧？」

我笑了一笑，她說得沒錯，如果是由她來發問，我眞的會緊張，「那美濃的新聞怎麼辦？」

她都還來不及回答，如玉就叫我上台去了，現場慶功宴即將開始，跟讀者互動的節目正要上場。

「這裡大概還要進行一兩個小時，等一下我還要跟現場的讀者互動，活動一結束我就帶妳去吃飯，等我，等我……」我一邊走向台上，一邊對著她說。

接下來的一兩個小時裡，我像是個人形立牌。

慶功宴不太像是慶功宴，倒像是簽名會。讀者一一要求簽名拍照，我一邊拿著每一本讀者帶來的書簽名，一邊盡量維持著不算太僵的笑容，看著每一台不一樣的照相機、攝影機和手機。

有的讀者會要求勾住我的手，有的讀者則是很主動地靠著我。這些事情對一個公眾人物來說是稀鬆平常的，當然我也就不會有什麼不太自在的情緒。

活動結束之後，我在充滿了讀者和記者，還有現場工作人員的會議廳裡，尋找著宜珊的蹤影。

如玉跑過來說：「老闆要請你吃飯。」然後我就被帶走，穿過會議廳，穿過飯店的大廳，穿過仍然守候在飯店門口的一大群讀者，直接被帶上車。

眞正的慶功宴在另外一間飯店的川菜館裡面進行，出版社的老闆請我吃了一頓很豐盛的晚餐，酒酣耳熱之際，他宣佈了一個消息：「下半年開始，你要努力地開拓中國大陸市場，我準備安排你到中國去宣傳，你的書不應該只在台灣大賣！」

那天晚上，我大概十一點左右才回到家。在那當中，我一直打電話給宜珊，一開始電話撥通了，但她沒接，後來則是關機，連打都打不進去。

大概在深夜一點，我收到一封訊息。

有時候，我情願只當個讀者。因為讀者可以在公開的場合勾住你的手，而你的女朋友，只能站在最遠的角落。

有時候，我情願只是個平凡人，而不是個創作者。

14

那封簡訊讓我徹夜難眠，阿忠說，這是身為公眾人物的悲哀。

「當一個作家的女朋友，其實已經算是簡單的了。看看那些歌星明星的女朋友們，哪一個能真正曝光的？某數字週刊一天到晚跟來跟去，要約會還得拉一大堆朋友一起來當幌子。」阿忠說。

「我不是歌星明星。」

「你是出版界的明星。」他指著我的鼻子，肯定地說：「其實宜珊的反應很正常，誰能接受自己的男朋友被別人摟來抱去的？她上網隨便搜尋一下『阿尼』兩個字，立刻就會出現一堆你那些瘋狂的女性讀者的部落格或是留言板，上面貼著她跟你的照片，下面還有註解寫著，『我跟阿尼的合照耶，我牽著他的手，超開心！超開心！』」阿忠一邊說還一邊做表情動作。

這個道理我當然知道，我也不能接受我的女朋友被別人摟來抱去的。說得更自私一點，我管她是不是明星歌星還是什麼界的什麼星，只要她是我的女朋友，我就沒辦法接受她被別人摟來抱去的。

不要說什麼自己的職業關係，造成社會身分的某種特殊性，所以被很多人喜歡被很多人愛是很正常的，然後就硬是要自己的另一半接受這種事。

抱歉，我辦不到。不過阿忠說我很矛盾，我既然沒辦法要求自己的女朋友接受這種事，那我是不是應該乾脆不要幹了呢？

然後他就搖搖頭，說這是公眾人物的悲哀。

但我心裡卻不是這麼想的，我不認爲這是公眾人物的悲哀……

我認爲這是愛情的悲哀。

隔天，我打電話給宜珊，她沒有接，後來她回了電話，說她正在跑新聞，沒辦法接電話。我們聊了一會兒，但關於深夜的那封簡訊，我們隻字未提。

「昨天你還是不乖。」

「什麼意思？」

「我明明提醒過你，記得穿得正式一點。」

「我穿得很正式了。」

「你以爲我看不出來，你的薄外套裡面穿的還是T恤牛仔褲嗎？」她一語道破。

那天晚上，我們一起吃晚飯。本來約好七點，但我在餐廳裡等到八點，才看見她慌慌張張地推開玻璃門跑進來。

「對不起，親愛的，讓你等這麼久，你一定很餓了吧？」這是她第一次用「親愛的」三個字來稱呼我。

「怎麼了？有事情耽擱？」

「我同事下個月要結婚，硬是拉著我去挑婚紗。」

「拉妳去挑婚紗？妳對婚紗有研究嗎？」

「沒有，」她搖搖頭，喝了一口水，「她只是想找個伴一起去。」

「婚紗挑好了？」

「我想應該還沒，」她看了一下手錶，「我跟她說我男朋友在等我一起吃晚餐，我必須先走。」

「其實妳可以打電話給我，明天再一起吃飯也沒關係。」說完，我對著服務生招招手，示意他過來點餐。

「你的電話打不通。」

「打不通？」我拿起我的電話，嗯，確實打不通，因爲它沒電了。

然後那頓晚餐的話題就一直圍繞在結婚這件事情上，說得更準確一點，是圍繞在準備結婚的女人的心情上。

她說她的同事人逢喜事精神好，每天工作都很起勁，訂婚之後和未婚夫兩個人一起相約看車看房子，然後房子還沒看到喜歡的，車子倒是先買了一部，而且運氣非常好，上個月才訂婚，這個星期買了三張樂透就中了好幾萬，然後又聊到一連串的什麼婚姻的習俗，女人在結婚前要注意什麼，結婚後要注意什麼……

其實有什麼好注意的呢？不就是一段婚姻嗎？女人到最後注意的都不是這些事情，而是老公的薪水有沒有按時交出來，以及老公有沒有在外面偷吃而已。

晚餐從頭到尾都是宜珊在說話，我只是靜靜地聆聽，偶爾點頭或搖頭，最多只問了一個問題：「是懷孕了才要結婚嗎？」然後宜珊愣了一下，說她不知道。

在回家的車上，我開車，她在旁邊哼著歌。

或許是被她同事的心情影響了，我覺得她整個人很輕鬆快樂。

昨晚的簡訊，她都忘了嗎？

我想，是吧。

過了一陣子，她告訴我，九月的時候，她請了好幾天的假，問我能不能陪她出國去玩？我問她為什麼要請假，她說她想要陪我，她也想要我陪她。

「九月是你的生日，我想在關島的沙灘上寫Happy Birthday給你。」她說。

關島？一個聽起來就像是會被關在那裡的地方。

然後，九月就到了。不知道是不是因為我的生日在九月的關係，我一直覺得這是一個很「橙色」的月份。

我在當兵時寫了一首詩，就是在九月寫的，當時我正在值夜哨，坐在安全士官桌上，心裡想著，還有一個月就退伍了，寫首詩來慶祝一下吧。

我替那首詩命名為《橙色九月》，本來退伍之後還想替它寫一部長篇小說，但一直到現在都還沒動手。

宜珊也看過那首《橙色九月》，她問我是什麼時候寫的，我說當兵離退伍只剩一個月時。然後她說那一點都不像是離退伍只剩一個月的人寫的，反而像是生命只剩下一個月的人寫的。

一直到現在，退伍已經七年了，每到九月，我還是會覺得很橙色（不要問我為什麼，我也不知道）。

因為出版社老闆下了指令，下半年的阿尼要努力地衝中國大陸的市場，他準備安排我到大陸去宣傳，我的書不應該只在台灣大賣……

然後我就要去大陸了。

而宜珊呢？她依照她的計畫，要到關島旅行。

去大陸的前兩天晚上，我帶著宜珊到我家，並且告訴她，如果她願意的話，我很歡迎她住下來。

「你這是在要求跟我同居的意思嗎？」她的表情裡有藏不住的開心。

「這是我在要求我們眞的在一起的意思。」我說。

在我去大陸，而宜珊去關島的前兩天，我們同居了。那種感覺像是兩個人已經變成了家人。我回家的時候會得到她的親吻，她回家的時候會得到我的擁抱。

等到我在大陸跑了十幾個城市，花了兩個星期的時間宣傳我的書，帶著一身疲累回到台灣時，比我早七天回到台灣的宜珊在家裡準備了一桌豐盛的家常菜等我。

其實宜珊的手藝不算太差，只要她有照著食譜上面的指示做菜的話。

但很可惜的，她並沒有買任何一本食譜……

那天晚上HBO的九點強檔是《X情人》，我們一邊吃宜珊煮的愛心晚餐，一邊看著梅格萊恩騎著腳踏車準備被大卡車撞上。

就在我喝著太鹹的蛤蜊湯，心裡暗自祈禱明天不要拉肚子的時候，梅格萊恩就被車子撞飛了。

電影結束後，宜珊哭了五分鐘，我拿面紙給她時，她還在兀自唸著：「她好不容易可以跟天使在一起了，卻……」

「這是電影，不要太難過。這世界上沒有天使，就算有，天使也不會下凡來愛人。」

「不會啊，我就覺得你是天使。」

「妳太看得起我了，阿忠說我是狗屎。」說完我自己笑了起來。

「你說這部片叫啥名字？」

「《X情人》。」

「喔對！」她擦乾了眼淚，「這個女主角跟男主角叫梅什麼，跟什麼拉斯的……」

「梅格平胸跟尼可拉斯苦瓜。」我說。

「啊？」她抬頭看了看我，「你說什麼瓜？」

（梅格平胸，嗯……顧名思義……

尼可拉斯苦瓜，因為他懊悔的表情超級苦瓜。

《橙色九月》

橙色九月，染了灰
我在天空底下，枯萎
腳下畫了噴彩的鞋，印子卻失了妝顏
星星亂跑，遺落憶圓的月
溪水在跳舞，尖石鋪上一層浴簾
塗鴉無意，彩色也是黑
影子是琉璃織的，少了稜線
風吹落了葉，嫩綠也不以清瞥
扯亂電話線，接通天的另一邊
左側是落地窗，靠在窗的右肩
忘了雲會飄，但風卻沒有吹
我親愛的妳，我深愛的妳
我的翅膀早已振不出弧線，飛翔是過去奢華的歲月

我站在原地，不發一語的等待，妳曾經的依戀
是癡所為，是癡所為
當裝盛著我們藍色夢境之水的琉璃瓶被時間摔碎
我只能站在原地，等待妳曾經的依戀
我在人間，妳在天
在天上的妳，看不見人間的我的癡累
是啊……是啊……
妳在天上飛，我卻在心裡追

15

六月了，在暮水街的生活滿三個月，小希還是一樣每天上班下班，然後晚上去上瑜伽，她女兒還是會在她回家之後衝出來，牠脖子上的那個鈴鐺聲音依然叮噹作響。

而我的創作量依然停在兩千字。

如玉快要對我開槍了。

「寫作是一種任性的職業，也只有任性才能寫出好作品。」這是我從事職業寫作以來，一個很重要的心得。當我把這個心得告訴如玉……

「殺人是一種隨性的職業……」如玉咬著牙，如是說。

大概是多年來的創作速度或是頻率已經固定了吧，我不會逼迫自己一定要在多少時間裡寫出多少東西，或是在幾個月之內完成什麼樣的故事。我總是認爲，當你的心神不在寫作上，你的心情不適合寫作，你的腦袋不在創作的狀況裡，你沒有任何想坐下來寫點東西的欲望，你就不該坐在椅子上，硬是要擠東西出來。

那是不健康的，像是沒有任何食物在裡面的肚子，你硬是要求它拉出大便來。

我知道我的形容很噁心，但我只是想讓各位了解，硬是逼自己創作是一種不健康的行爲，所以寫作是一種任性的職業。

「那只是你偷懶的藉口而已。」我心裡有個聲音對我這麼說，但我知道我不能說出來，雖然這是眞話。

好啦好啦，我就是偷懶，我承認。暮水街的生活過了三個月，距離上一本書出版也已經七個月，正常來說，我是應該要交稿了，甚至新書應該要出版了。

但是我沒有。

因爲我正在偷懶。

我有一天早上在MSN上面對著如玉說抱歉，我不知道爲什麼沒有心情寫作，叫她就先不要問我關於下一本書的事了，我暫時不會有作品出現。如玉問我怎麼了？我說沒有，大概是寫了十年，突然覺得累了吧。

人在工作中會感覺到累，是因爲一件工作做得太久，就會有疲倦感。而在愛情中感覺到的累，卻不是因爲愛一個人太久而有疲倦感，而是某種不健康的心情存在太久了，就會有疲倦感。

人是可以愛著另一個人很久的，有太多相愛的例子可以證明這一點。

但當你帶著不健康的心情去愛另外一個人，那種疲倦感會讓那段愛情產生疲乏。

我想，宜珊就是這樣的。

她是個獨立的女人，自己跟爺爺奶奶住。父母親離婚，父親在哪裡不知道，母親嫁給別人了。

半工半讀念完了大學，誤打誤撞進了新聞界。記者的工作讓她在剛投入社會的第一年就累出病來，好幾次因爲急性胃炎半夜掛急診，但也因爲這樣的工作，她長大得比別人還要快速。

她看過很多死人，看過很多王八蛋，看過很多身上被砍得皮開肉綻，還在對著媒體記者說不要拍的人，也看過很多政客鏡頭外的一面。

有時候她跑新聞跑得很晚，尤其是選舉期間，候選人一天到晚開記者會砲轟這個、澄清那個，他們就得一直跑來跑去。我時常在半夜被她的電話聲吵醒，因爲有很多新聞是半夜發生的，線民或是警察局會打電話告訴她有新聞了，然後她就得打電話到台北總部，問長官這條新聞跑不跑。

通常都是要跑的，很少有那種不跑的。如果她沒有跑，但別的新聞台卻做出這條新聞，她就可能會被罵。

她說她第一次SNG連線時，是某一年在墾丁的春天吶喊。台上唱得賣力，台下歡呼聲震耳欲聾。她只記得腳一直在發抖，耳機裡面主播台的主播說什麼她完全聽不清楚。

「後來我到底連線說了什麼，放下麥克風之後我馬上就忘了。」她說。

這樣的工作帶給她很多成長，雖然有時候我看見剛從浴室洗完澡出來的她，臉上的妝容卸下之後，有些許生活的疲累與滄桑，但她還是個好女人。

我們同居了一年半，那種感覺像是兩個人又更親近了一點。

浴室裡多了另一個人的洗髮精和潤髮乳，還有另一個味道的沐浴乳，牙刷多了一支，毛巾、浴巾多了一條；客廳裡，拖鞋多了一雙，單人沙發多了一張；洗衣機洗的不再只有我一個人的衣服，陽台晾的也不只有我一個人的被單；床上多了一個枕頭，棉被從單人的換成雙人的；房間裡多了一個衣櫥、一個梳妝台；抽屜裡多了化妝棉、髮夾和女性生理用品。

而我多了一個家人。

我說過，我跟宜珊的感情很好，溝通也很暢通，我們不曾吵過架，不曾有過爭執，即使兩個人一開始同住一個屋簷下，會有一些生活習慣的不同，但我們都能很快地熟悉與適應。

我開始學會上完廁所就把馬桶坐蓋放下來，因爲家裡多了一個女生。

她開始學會替我把菸灰缸清乾淨，因爲她正和一個會抽菸的男人一起生活。

然後她知道我是一個不會跟她同時上床睡覺的男人，因爲我喜歡深夜裡一個人坐在客廳看電視，吸收一些資訊，所以她會自己先去睡。

然後我知道她是一個早上起床一定要喝掉五百CC的水的女人，因爲她覺得每天起床喝水是健康的，所以我在睡前都會替她倒好一杯水，放在廚房的桌上。

一切看起來都很美好，兩個人也沒有什麼相處上的問題。

但是日子久了，我們便開始慢慢地發現，有些差異與不同很難磨合。我是個寫手，我習慣在夜裡思考，通常我的工作時間是晚上到早上。她是個記者，她必須在早上去工作，她的工作時間大都是白天到晚上。

所以當我凌晨五點左右準備就寢，她在七點左右便起床了。她醒著的時候我睡著，她睡著的時候我醒著。我的生活在夜裡，她的生活在白天，我們之間的作息開始錯開，我們之間的談話交集開始柴米油鹽。

「記得吃維他命，我買了一瓶新的給你。」這是她對我的叮嚀，不過我卻沒聽見聲音，因爲這是一張紙條，她貼在冰箱上面。

「我的電腦有毒，妳不要拿隨身碟去插，小心會中毒喔。」這是我跟她說的，不過她也沒能聽見我親口訴說，因爲這是一張紙條，貼在我的電腦螢幕上。

然後生活中充斥著愈來愈多的紙條，我們變成用紙條在說話。

「我今天跑嘉義的新聞，明天才會回來。」

「我明天到台中去找朋友，晚上可能不會回家。」

「我打算明天下班去好市多，你要買什麼嗎？記得告訴我。」

「我在百貨公司看見一件很適合妳的衣服，我買回來了，在妳的衣櫥裡。」

「房間裡的電視好像壞了，你能修嗎？」

「妳今天出門的時候忘了關客廳的冷氣。」

「阿尼，我很想你……」

「宜珊，我很想妳……」

或許你不能想像，兩個同住在一個屋簷下的人，竟然會用紙條來向對方說「我很想你」，但明明我們睡在彼此身邊啊。

我們能相處的時間大概就只有晚上七點過後到十一點之間的四個小時，但這段時間不是每天都有的。這四個小時對我們來說很珍貴，因爲兩個人終於可以坐在一起看電視聊天，她會把她工作的痛苦告訴我，我會把我創作的困難告訴她。這四個小時，我們必須把握時間做很多事，包括做愛。

阿忠問我，「這跟結婚有什麼不同？」

我看了他一眼，然後點點頭說：「有。」

「哪裡不同？」

「我們還沒結婚。」

這樣的生活，我跟宜珊持續了一年多，這一年多裡，宜珊每看完一次我的部落格，她的神情就會很明顯地顯露出難過或是低落。但不管我怎麼問，總是問不出她之所以會這樣的理由，她每次都說沒有、沒事。

但其實眞的有。

一直到有一天，那是我出版第十三本書，即將舉辦第一場簽名會當天，她在冰箱上留了紙條說：「如果可以，你能不能不要再寫書了？」我不知道她爲什麼要這麼說。

那天的簽名會在台北，我只睡了五個小時，大概在早上十點起床，然後搭上高鐵，到台北已經是中午過後了。

那天一共有三場簽名會，兩場在台北，一場在桃園。我從下午兩點的第一場開始簽，一直簽到晚上九點的桃園場結束。出版社爲了不讓我勞累奔波，在桃園替我安排了一間飯店入住。那天晚上我打電話回家時，宜珊的語氣不太好。

一直到我過幾天回到家，我發現她把自己的東西都搬光了，並且一如她的習慣，她在冰箱上，留下了一張紙條。

只是這張紙條的內容，比平常的要長很多。

阿尼：

記不記得我問過你，你愛我嗎？你只是點頭，但沒有說愛。你知道嗎？當你沒有說愛，只是點頭的時候，我就知道，我輸了。

人都喜歡問一些可能得不到答案的問題，尤其是愛情。你愈是想問，答案就離你愈來愈遠。

如果一個女生不喜歡自己的作家男朋友被讀者牽來摟去是佔有欲太強的話，那麼我承認，我是個佔有欲很強的女生，從第一次在你的部落格裡看見有讀者寫著，「阿尼，我好喜歡你」時，我就發現我是這樣的一個女人。

但當我發現我愈來愈愛你時，我以為我會因為愛你而改變我的佔有欲，但三年過去了，每當我看著你的部落格，看著你的記者會，看著你的簽名會，看著你的讀者見面會，我都很痛苦。

因為愈來愈愛你，所以我的佔有欲愈來愈強。

一個佔有欲強的人，真的不適合跟一個公眾人物在一起，因為那會使人抓狂。

你問過我，為什麼在看完你的部落格之後總是會怪怪的？我現在告訴你，因為我總是在那裡看見很多人喜歡你，心裡的感覺很糟糕。

我曾經跟自己說過：「他的部落格裡，有很多讀者對他示好，我看得出來，大部分都是女生。其實我不該在意這種事情的，他本來就是一個暢銷書作者啊。我明白公眾人物會有很多人欣賞，有很多人喜歡，也會有很多人示愛。我身為一個記者，這種事情，我比誰都明白。」

但是明白歸明白，對於這樣的情況，我還是很放不開。因為，即便只有一點點，我也不願意與其他人一起分享你，一點都不願意……

一．點．點．都．不．願．意。

都過了三年了，我才真的願意承認我不適合當你的女朋友。

因為我是安琪蘿，而你是夏洛特。

原來她一直都是她小說裡的安琪蘿，而韓德森只是她想要的生活罷了。

宜珊

榮幸

有多少人可以用「我很榮幸」四個字來對前一個情人說，
「曾經當你的情人，我很榮幸」的？
又有多少人可以「被」覺得榮幸，曾經別人當過自己的情人的？
前者與後者的差別在哪？其實完全沒有差別。
因爲他們都覺得，當初的選擇是對的。

16

跟宜珊在一起三年多，我們走過了一段很美好的日子，分享了彼此最精華的年歲，這世界上有很多地方我們一起踏過走過。

我們曾經在日本的東京捷運上大喊「釣魚台是我們的」；我們曾經在香港銅鑼灣的巴士上貼過「尋找陳浩南」的尋人啓事；我們曾經在飛往歐洲的途中，在印度新德里轉機時，教當地一個機場清潔工學會怎麼說台灣的髒話；我們曾經在德國的無限速道路上飆到時速兩百二十公里，並且把頭伸出窗外，讓風吹歪我們的臉；我們曾經在零下十度的倫敦，一人挖了一球的雪，並且猜拳，誰輸了就得咬一口雪球。

每走過一個地方，就有一段故事，主角只有兩個人，背景就是正在下雪的天空，或是正在飄著的雨。不管這個時候是不是要來一張自拍照，或是請其他的遊客替我們拍一張抱得很緊的照片，當下的那一瞬間都是美麗的。

然後，將照片一張一張地翻閱，會記得我們發生過很多故事。然後，故事疊著故事，疊出一個厚度了，許久之後在腦海裡再一次被翻動，就已經不叫作故事……

而是回憶了。

回憶之所以美好，是因爲就算刻意再去重建，也沒辦法跟原來的一樣。

分手後我找阿忠一起去喝酒，他安慰我說：「反正你很少被甩，就當是多一個經驗值好了。」

我想我該謝謝他，他眞的是一個很欠揍的好朋友。

如玉放了我一段長假，她說如果我眞的覺得累了，休息或許是寫出更好的作品的好方法之一。很多歌手都是連續出了好多年的唱片之後，突然出國到另一個地方去遊學進修或是沉澱，回來之後的作品都能讓人耳目一新。

「想寫的時候再寫吧，不過別休息太久。」她說。

「爲什麼？」

「因爲讀者的忘性很好，當一個人消失太久，很快的，讀者就會忘了你。」

所以我本來打算來規畫一個「美洲百日遊」加「歐洲百日遊」再加「亞洲百日遊」再加「看袋鼠兼無尾熊雙週遊」的，結果只能計畫陽明山一日遊。

其實環島也是個不錯的想法，但是我這個人開車不慢，而且我通常一開就會開很久，如果我決定環島的話，那麼從台北出發往東下行，第一天晚上我可能就會到墾丁了。

然後我會在墾丁請一個遊客替我拍一張拍立得，等它顯影了之後，我會在照片上面寫「阿尼環島旅行之墾丁我來了」，然後再請另一個遊客幫我拍另一張拍立得，再等它顯影之後，在照片上寫「阿尼環島旅行之墾丁拜拜了」。

第二天下午我就會回到台北，然後請一個遊客替我拍一張拍立得，等它顯影之後，我會在照片上面寫「阿尼環島結束之台北我回來了」，然後再請另一個遊客……

感覺台灣就像綠島一樣，兩天就玩完了。

但是綠島還有印著「幹！綠島天氣好熱！」的T恤可以買，台灣只有倒扁T恤比較帥而已。

或許你會說，我可以先做出計畫，然後照著計畫按表操課，記得車子不要開太快開太久，就不會變成環島二日遊。

但是我的想法是，如果連出去玩都要照計畫，那我去跟團不會比較快嗎？

聽說阿公阿嬤那種進香團都是一天一千塊包吃包車，而且還可以抽籤讓廟祝算命，如果算得不準還可以從他頭上巴下去，感覺還不錯。

這樣瞎扯和漫無目的地休息，讓人感覺時間總是過得特別快。

夏天到了，太陽要到七點過後才願意沉到地平線下面。

我找小希去看電影那天，我剛買了一部 X-Box360 不久。

這不是一部車，而是一部電視遊樂器。

那幾天，我的生活就是一直打電動，腦袋裡只想著怎麼突破關卡。宜珊打了兩通電話給我，我都只是看了看手機，然後切換成無聲，任由電話一直響，直到變成未接來電，我也不想回電。

暮水街的夏天好熱，窗外的小山丘一片翠綠，底下的小溪在夏天時的水位很低。每天都有一大片的橙光從我的落地窗照射進來，那是準備西下的夕陽。

而我一直玩著三國無雙和賽車，這眞是會讓人上癮到不行的遊戲。

當你把趙雲練到五十級，憑他的連續技加上他的攻擊力，就算選擇的是修羅級的關卡，裡面的小兵也會一個個倒地；不過如果你選擇的是虎牢關，那麼你就會面對呂布，他是神鬼級的恐怖戰將，就算是五十級的玩家也會被他秒殺，所以請不要去送死，記得騎馬撞死他就好。

而賽車呢？我只能說遊戲設計得很好，不只畫面美，操作簡單，就連改裝品的資訊與設備都一應俱全，可以讓一個車迷很輕鬆地享受到改車的樂趣。

而且重點是車子撞壞了沒關係，人不會死，車子也會自己修復如新。

然後小希就來敲門了，晚上八點，我心一驚，因爲我忘了要先換好衣服等她，我身上還是汗衫加短褲。我打開門，手上拿著X-Box的無線控制器，小希很好奇地問我：「你在玩什麼？」

「呃……」忘了換好衣服等她就算了，但我手裡還拿著電動控制器，這件事讓我有點不好意思，「這是三國無雙……抱歉，我玩到忘了注意時間。」我的臉有些發熱。

「沒關係啊！」她拍拍我的肩膀，走進我家裡，「好像很好玩。」

這是她第一次進到我住的地方。

「這個怎麼玩？」她站在電視前面，指著裡面的趙雲。

「就是……選一個妳喜歡的武將，送他進到戰場，然後看到人就殺。」

「那這個是誰？」

「這是趙雲。」

「他騎的馬好漂亮，整匹都是紅色的。」

「那就是人稱三國法拉利的赤兔啊。」

「咦？」她皺了一下眉頭，「赤兔不是關公的坐騎嗎？」

「呃……」我搔了搔頭，「赤兔有過好幾個主人。」

「那你爲什麼會有赤兔？」

「因爲我偷他的馬。」我指著螢幕裡，遠遠那一個頭上顯示著「呂布」兩個字的人物，這麼回答小希。

「我也要玩！」突然她伸手要我的控制器。

「妳……」我看了看時鐘，「我們不是要去看電影嗎？雖然我忘了注意時間，但是我換衣服洗把臉只要五分鐘就好了。」

「電影改天再看，我想玩玩看這個。」她指著螢幕。

我看了看她，再看了看電視裡的畫面，不禁笑了出來，對著她說：「好啊！」然後把控制器交給她。

她一拿到控制器就開始緊張了，「喔！我現在要怎麼辦？你先跟我說。」

「別緊張，妳先按下開始鈕，」我指著開始鈕，「然後移動趙雲，千萬別讓呂布接近妳，妳現在有赤兔馬，隨便跑都贏。」

然後她點頭說好，然後她按下了開始鈕，然後她不知道爲什麼跑去殺呂布，然後她就被秒殺了。

「咦?」螢幕裡的趙雲倒地,出現「趙雲戰死」四個大字,小希只是咦了一聲,然後轉頭,用很可愛很無辜的表情看著我,「他死了耶,怎麼辦?」

我計算過,這是我第三次被她電到了。

那天晚上,我們坐在地上,玩到半夜三點。

小希後來選了貂嬋,因爲她說貂嬋畫得很像她,雖然我覺得她的側臉比貂嬋好看,但我只是笑了一笑,點點頭說:「嗯,有像。」

我用趙雲帶著她打遍每一個戰場,她從一開始的完全不會操作,一直戰死一直戰死,到可以自己單挑裡面的主將,這過程中,她臉上出現的許多表情和眼神,是我從來沒有看過的。

最後她靠著沙發睡著了,我沒有叫醒她。

那天,我窗外那片暮水街的夜色很美,有一輪皓潔的明月。

她有許多的表情與眼神,是我從來沒看過的。

17

有一些小說的橋段，讀起來像是一封信。

而有一些信的內容，會讓人以為那是在寫小說。

網路上有很多很會寫東西的人，有時候在上面亂逛，也會三不五時逛到可以稱格主為高手的部落格。這些高手有一個共通點，他們總是能在文章的第一段就抓住讀者的視線。

養一隻貓能寫出什麼樣的心得？

如果這是一個作文題目，那麼大多數的人，應該都會從貓小時候有多可愛開始寫起，寫一些牠的特徵，寫一些牠的調皮或是安靜，寫一些牠平常的習慣，或是牠曾經讓你很擔心的那一次經驗。

不過我看過一個部落格，部落格的主人為她的貓寫了好幾篇文章，那些文章分開來看像是散文，讀起來像日記，整個連起來看像小說。

更像是寫給貓的信。

如果沒有意外的話，你就是我最後一隻貓了。

還記得我第一次見到你，你被裝在放著許多貓咪的籠子裡。每一隻貓咪都伸著牠們的小手想跟我握手行禮，只有你坐在最角落，用你的大眼睛看著我，像是在跟我說：「嗨，妳好。」

「好有禮貌的貓啊。」我帶著興奮的語氣，轉頭對著我當時的男朋友說。

他是個木頭，他感覺不出你的禮貌。請你不要怪他，反正我看得出來就好。

為了你的名字，我失眠了好幾天，我想給你一個很有精神又很特別的名字，我希望你聽見這個名字時，就會很開心地跑向我。

後來，我發現你的速度很快，像是一輛裝了渦輪的小小遙控汽車。

「那你就叫Turbo吧。」我說。「這真是個適合你的名字。」

這是那位格主為她的貓所寫的第一篇文章的片段，她的第一句話就已經吸引住我了。當我仔細地讀過她為貓所寫的所有文章，我哭得很開心。

是的，我哭得很開心。

因爲那並不是一篇生離死別的文章，她的小貓並沒有離她而去。她只是用一種寫信給親人的方式，寫信給她的小貓。

我曾經聽人家說過，養貓的人，大多了解什麼是寂寞。有時候我也會從小希的眼神裡，看見她的寂寞。

所以寫文章給貓的人，會不會是在寫寂寞給自己呢？

我把這個部落格介紹給小希，她看完上頭的所有文章之後，紅著雙眼對我說，她討厭我，我問她爲什麼？她說我讓她哭了。

接著她問我：「這是一篇小說嗎？」

「在我看來，這其實只是她對她的貓說的話。」

「看起來像小說。」

「我倒覺得像是給貓的信。」

「那你會寫這樣的信嗎？」

「我沒有養貓。」

「我的乖女兒借你寫。」她指著對門的那隻貓。

「那是妳的乖女兒，應該要妳自己寫。」

「我從來沒寫過這樣的東西。」

「十年前的我也沒寫過小說啊。」我說。

「你都寫了十年了，當然很會寫。」

「我也是從第一篇慢慢寫出來的，我並沒有一開始就很厲害呀。」

「那我一開始要寫什麼？」

「一開始什麼都別想，只要注意一件事就好，因爲妳很愛妳的乖女兒，所以妳只要想著，妳要寫一篇文章，告訴牠妳很愛牠，這樣就好了。」

「我寫完拿給你看，好嗎？」

「好。」我點點頭。

很久以後，小希眞的寫了一篇文章給我看。

我記得我看完她寫的文章，我也哭得很開心。

那個部落格的名稱很有味道，叫作「我的惆悵，別來無恙」。因爲不知道部落格的主人怎麼稱呼，所以小希管她叫「惆悵小姐」。

而那篇寫給Turbo的文章，叫作〈呼嚕〉。

我不知道呼嚕是什麼意思，小希跟我解釋，說呼嚕是貓的聲音。

當貓整個放鬆，或是沒有壓力的時候，牠的呼吸就是呼嚕，你靠近牠就會聽到牠在呼嚕，那是一種很有韻律節奏的聲音。

然後小希就跑去把乖女兒抓過來，雙手抓著牠說：「快點呼嚕給這個大叔叔聽。」只見乖女兒一直看著我，我也看著牠，過沒多久，牠別過頭去，一臉不屑的表情，還喵了一聲。

我猜牠在罵「幹」。

小希迷上了X-Box360，也迷上了惆悵小姐的部落格。我們只住在對門，但是她卻時常在我家裡打電動。

那一陣子，她跟我說她的生活本來是上班下班瑜伽跟玩小貓，後來變成了上班下班瑜伽跟玩貂嬋。

如果隔天是休假日，那麼小希就會在我家待到半夜，她一定要看見自己的貂嬋升級，才會帶著一臉滿足的表情回對門睡覺。那天我們就會一起吃飯，一起看電視，然後討論怎麼跟曹操作對。

一起去看電影的事，我們好像都忘了。

貂嬋被她練到了五十級，她一整個很開心。當下第一件事就是跟我一樣把難度調到修羅級，然後去虎牢關找呂布算帳。

「貂嬋戰死」四個字一直出現在我的電視螢幕上，我只能在旁邊憋著笑意。我說要不要我開趙雲或是張飛出來幫忙，她很任性地對著我搖搖頭。

不知道經過幾次的嘗試，正當我專心地在網路上看著某一篇關於台灣股市的報導時，小希突然跳起來，高興地大叫：「耶！耶！我打贏呂布了！」然後她跑到我旁邊，拉住我的手，「阿尼！我打贏呂布了！」她很開心地說。

「妳不需要……這麼激動……」我被她晃啊晃的，講話有點震動，「後面還有……好幾個……關卡……會遇到他……」

「啊？」她原本很開心的情緒突然間冷掉了，「眞的嗎？」

我點點頭，「嗯。」

然後她就走回我的電視機前面，把 X-Box360 收起來，把主機關掉，把一切都歸回原位。

「不玩貂嬋了？」我問

「嗯。」她點點頭。

「不打呂布了？」

「嗯。」她點點頭。

「肚子會餓嗎？」

「嗯。」她點點頭。

「我帶妳去吃飯。」

「嗯。」她點點頭。

所以寫文章給貓的人，會不會是在寫寂寞給自己呢？

18

小希是那種見過一次就會忘掉一次的女孩子。

今天你第一次看見她，你知道她就是長這樣，但是明天你就會忘了她的模樣，直到下一次再見到她，你心裡會有個聲音對你說：「嗯，她就是小希，她就是長這個樣子。」

要一直累積到一個程度，你才會眞的在沒有見到她的情況下，完全記得她的樣貌。我花了多久時間才記得她的樣子呢？我自己也沒注意。我只記得我們一起吃飯，然後她說要去上洗手間，她一離開座位，我就忘了她的樣子了，但等到她回來，我立刻又記得她的樣子。

小希說這是我的老年癡呆症提早發作。

「那妳記得我的樣子嗎？」

「當然記得。」

「那妳現在閉上眼睛，跟我說我是什麼樣子。」

「你就是一副阿尼的樣子。」她故作俏皮地說。

「要這樣回答誰都會。」

「換你閉上眼睛，跟我說我是什麼樣子。」

然後我眞的閉上眼睛，我眞的說不出來。

「妳就是一副很八卦的水瓶座的樣子。」我胡亂掰了一個答案。

一直到已經在暮水街住了半年，我才眞的能記得小希的樣子。

她喜歡留長髮，她說過她從來不曾把頭髮剪短過。

她有長長的睫毛，讓她的眼眸看起來很深。

她有一張鵝蛋臉，嘴唇常常是淡粉色的。

人家說眞正的美女，笑起來的時候會露出八顆上排牙齒。我仔細地數過，小希笑的時候是露出十顆。

露出十顆就不是美女了嗎？我不以爲然，因爲對我來說，小希就是個美女。

「阿尼，你爲什麼要叫阿尼？每一次叫你的名字，我都覺得在叫南方四賤客裡面的阿尼！」小希說。

「妳要這樣想也沒關係，我無所謂的啊。」

「可是南方四賤客很低級啊！」

「哪會？」我立刻反駁她，「哪裡低級？那簡直是百年難得一見的世紀傑作啊！從來沒有這麼好看的惡搞卡通耶！」

「哪裡好看？」

「超級好看！」我說。

每當我聽到有人說不喜歡南方四賤客，我就會覺得他們很奇怪。這麼優秀的卡通，竟然有人不會欣賞。

你知道這部卡通是台灣電視史上，公認中文配音最完美的卡通嗎？我想有很多人不知道，因爲看過的人只記得它的爆笑，卻不記得它其實是一部需要很多配音員的卡通。卡通裡面的南方公園小鎮住了很多很多的人，還有一座南方小學，有小學就有老師有校長有學生，有學生就有家長，有家長就有他們上班的地方，有上班的地方就有老闆跟上司……這麼多角色當然就要用到很多配音員，就算一個配音員要接下五個以上的角色，他們還是配得很完美。

這部卡通之所以那麼讓人難忘，不只是因爲配音好，而是對白精彩，令人難忘。

你試著想一想，當幾個念國小的孩子，他們的口頭禪是「媽啦屁啦銹」的時候，這世界是多麼的美好。

噢！我忘了還有阿尼的「嗯」。

阿尼家裡很窮，總是用衣服包住臉，只露出眼睛，說話的聲音永遠聽不清楚，所以他說話時聽起來就像是在說「嗯嗯嗯嗯嗯嗯嗯嗯嗯」。

「他奶奶個熊！阿尼！如果你再不說話，我就把你的屁眼縫起來！」

「屁啦！誰再說我媽拍過露點寫眞集，我就把我的大便塞到他的鼻孔裡！」

「銬！去你的擔擔麵！」

我超喜歡這類對白，能想出這種對白的人眞是天才……嗯，抱歉，我離題太遠了，故事回到小希身上。

小希的頭髮有一種香味，或許應該說是她身上有一種香味。當我站在她的下風處，九月裡，秋天的夜風吹來，我就能聞到她的香味。

我想問她這是什麼味道，可是我怕她覺得我是變態，就打消了念頭。不過後來我還是忍不住問了一下，她告訴我的答案讓我的心跳漏了一拍。

自從小希看完〈呼嚕〉之後，「惆悵小姐」的部落格變成她每天都會去觀光的地方。一開始我對她使用「觀光」兩個字來形容上網這件事還頗不習慣，不過她解釋過後，我突然覺得這個形容非常貼切。

「你想想看，當你用滑鼠點了一個網址，在那個網址還沒跑出來之前，你根本不知道它長什麼樣子，裡面有些什麼，你能在裡面看見什麼或是知道什麼，那種感覺就像是你買了一張機票，要到世界的另一個地方去，但是在你還沒到達之前，你根本不知道那裡長什麼樣子，那裡有些什麼，你能在那裡看見什麼或是知道什麼。」

小希再一次強調：「所以上網，就像在觀光！」

我覺得這個形容恰到好處，她的說明也非常清楚。我說她可以試著寫小說，她點點頭說她會的。

跟小希一起吃飯說話其實是一件很快樂的事情，如果你不介意一個女生時常因爲笑點太低而笑到叉氣的話。她的笑聲不是呵呵呵也不是嘻嘻嘻，是很豪邁的哈哈哈。如果她笑的時間很長的話，就會出現一種頻率，像是她的喉嚨裡裝了一條彈簧，把她的笑聲彈來彈去。

講笑話給她聽其實不是一件容易的事，因爲通常笑話還講不到一半，她就已經笑到不行了。

「我講個笑話給妳聽，是我在網路上看到的。」我說。

「好。」她點點頭。

「有一個神父，他到一個部落去傳教，但是那個部落的土著不會說國語，所以他就找了酋長來，他想先把酋長教會，再請酋長去教他的族人。」

「嗯。」她點點頭，臉上已經開始出現笑意了。

「神父每天都跟這個酋長去散步，每看見一樣東西，他就會指著那樣東西，然後教酋長說那個東西的名字。」

「嗯嗯……」她已經開始咧嘴笑了。

神父指著天說：「天空。」

酋長：「天空……」

神父指著池塘說：「池塘。」

酋長：「池塘……」

神父指著草叢說：「草叢。」

酋長：「草叢……」

「哈哈哈哈哈……」←這是小希的笑聲。

這時神父看見草叢裡有兩個人正在做愛，他一時臉紅，不知道該怎麼講。

兩秒鐘過後，神父指著做愛的兩個人，回頭對著酋長說：「騎車。」

話才剛說完，酋長就拿起他的弓箭，一箭射穿了那一對正在做愛的男女。

神父嚇了一跳，驚慌地說：「你、你怎麼可以殺人？」

只見酋長很冷靜地看著神父，說：「我的車。」

然後小希就笑到歇斯底里了。

我常常在我的部落格還有留言板看見一些讀者留言，他們總是說，「看你的書眞的會笑到肚子痛」，或是「不能在上課的時間看你的書，不然笑出來會被老師抓到」。阿忠說我講故事很有條理，會讓人很想一直聽下去，講笑話也一樣。

「所以一樣的笑話，由我來說跟由你來說，效果就會差很多。」阿忠說，「你可以把五十分的笑話或是故事，講到有一百分那麼精彩；但我會把一百分的笑話或故事，講到只剩五十分，甚至是零分那麼無趣。所以你才能寫小說，但是我不行。」

宜珊也說過類似的話，「有些人天生就很會說故事，你就是其中一個。」

小希問過我，我是怎麼完成一部小說的？

我的答案很簡單：「把你要寫的寫完就是了。」

小說的組成，有千萬種說法，但要完成一部小說，只有一種方法，就是寫完它。

你可以天馬行空地想像N種劇情或是N個角色，你要讓哈利波特跑到宋朝去也好，你要讓嫦娥撞到人造衛星也行，你要讓超人在夜市賣蚵仔麵線也可以，甚至你要把你討厭的政治人物寫成吃大便的蛆也沒問題。

這些都是「你要寫的」，把它寫完，它就會是一部小說。

一開始篇幅不長沒關係，把它當成是日記或是散文，一篇一篇累積，一次寫得比一次長，每想一個新的故事就多替它想一些架構，總有一天，會讓你寫出一部好看的故事。

但好看的故事一定要寫完，它才能好看；寫不完的故事，儘管它再怎麼好看，它還是不存在。

「妳想想，如果南方四賤客的作者一天到晚只想著要創造出一個每一集都要死一次的阿尼，但是他卻一直遲遲不動作，那我們會有精彩的南方四賤客可以看嗎？」我對著小希說。

「所以寫完最重要？」

「對。」我點點頭。

「寫得不好沒關係？」

「沒有人一開始就能寫出好看的故事的。」我說。

「你曾經寫過很糟糕的作品嗎？」

「當然有……」我說。

就在我要繼續往下說的時候，我的手機收到一封訊息，是阿忠傳的。

我明天就要開刀了，祝我好運，兄弟。

（小說的組成，有千萬種說法，但要完成一部小說，只有一種方法，就是寫完它。

19

我開始記得小希的香味，是在我要回高雄的那天晚上。

阿忠的訊息眞的嚇了我好大一跳，我不知道他爲什麼突然莫名其妙要開刀。我立刻回撥電話，卻一直打不通。於是我二話不說，立刻搭車回高雄，是小希載我去車站的。

然後隔天我至少罵了阿忠十個以上的幹字，因爲他只是開刀割了盲腸。

不過現在想一想，如果他沒有在這時候割掉那條盲腸，我可能永遠都不會鼓起勇氣對小希說「我喜歡妳身上的味道」。

那眞的是一句會讓周圍氣氛立刻改變的話，「我喜歡妳身上的味道」。

阿忠躺在病床上，除了頭髮有點亂之外，完全沒有虛弱的樣子。他還偷偷跟我說，等護士小姐不在的時候，要我陪他去抽根菸。

你抽死好了！剛開完刀就想抽菸，最好抽進去的菸都從割盲腸的傷口跑出來！

「幹！沒事傳什麼你要開刀了這種訊息！是要嚇死人嗎？」

「我只是想要你替我祈禱一下，我怎麼知道你會衝下來？」

「幹！我接到訊息馬上回撥電話，為什麼打不通？」

「病房裡面還有其他病患，那麼晚了，手機打開會吵到別人。」

「幹！沒事割什麼盲腸？」

「我也不知道為什麼肚子突然痛到完全沒辦法走路，連站著都有困難，來到醫院，醫生看過之後就說要割掉盲腸，我馬上就住院了，連說不的機會都沒有。」

「幹！這叫作報應啦！」

「你現在每講一句對白都要用『幹』開頭就對了？」

「幹！對啦！」

「那我可以用嗎？」

「幹！可以。」

「幹！謝謝。」

護士用「你們兩個講話很低級」的眼神看了我們一眼之後就走了，於是我跟阿忠立刻跑到室外去抽菸。

阿忠跟我說，他上星期在一家百貨公司遇到宜珊。坦白說，我跟宜珊分手到現在也已經半年多了，可是忽然間聽到她的名字，還是會有一陣錯愕。

會在心裡面聽到一種聲音，「喀！」

他說宜珊一個人在逛街，好像在挑鞋子。她並沒有看到他，只是很認眞地在看展示架上的每一雙鞋。

「本來我是想去跟她打個招呼，可是又怕她會覺得奇怪。」阿忠吸了一口菸。

「奇怪？奇怪什麼？」

「當然會奇怪，」他用手搔了搔額頭，「她是我兄弟的『前』女友，不是我兄弟的女朋友。」他特別強調了「前」字。

「是女朋友才能打招呼？前女友就不行？」

「也不是這麼說，」他搖搖頭，「但那種感覺就是奇怪，而且你要我去跟她打招呼之後說什麼？『嗨！妳跟阿尼分手之後過得很愉快吧？』這樣嗎？她要說對也不是，說不對也不是。」

「……」

「既然是這樣，那這個招呼就不用打了，只是徒增尷尬罷了。」

「喔……」我無意識地給了一點回應。

「你還在喜歡她嗎？」阿忠問，他問完了之後，我呆了一會兒。

「不會吧？」他有點驚訝。

「什麼不會吧？」

「就是你還在喜歡她啊。」

「呃……」我心裡頓了一會兒，「不是……不是還在喜歡……」

「不然呢？」

「嗯……是一種……嗯……」我又頓了一會兒，「我不會說。」說完，我低頭看著地上。

然後，我們就安靜地再點燃一根菸，就這樣安靜到抽完第二根菸，天色漸暗，有一架飛機飛過我們頭頂時，我們一起看著那架飛機，兩個人同時吸了吸鼻子……

「幹！你乖乖地待在醫院等復原，知道嗎？」終於，我先說話了。

「幹！你又來了，你是一個有氣質的人，說話不要用『幹』當開頭。」

「喔……那要用什麼？」

「劉德華有一部電影叫作《最佳損友》，裡面有個神父說，如果改不了罵髒話的習慣，那以後要罵髒話的時候，就用水果名稱來代替。」阿忠提議。

然後我想起了那部片，「香蕉你個西瓜！我走了。」

「蓮霧你個芭樂！拜拜。」

我離開了醫院，走出大門，搭上計程車，前往左營搭高鐵回台北。

阿忠永遠都是最了解我的那個人，因爲我沒什麼這麼親近的朋友了。

朋友在我的心裡有很多種分級，我想很多人都是一樣的。

如果一個人表示圓心，那麼他的朋友都會在那個以他爲圓心所畫成的圓圈裡。最接近圓心的人，就是最親近的朋友；站在最外圍的人，就是沒什麼感情基礎的朋友。

但我的分類還有一個等級，叫作鑰匙級。

這一個等級的朋友，都擁有一把我給他們的鑰匙。他們能打開我，能關上我，能在我心裡拿走一些東西，也能放一些東西到我心裡去。

宜珊把鑰匙還給我了，在那同時，她從我心裡拿走了一些東西。

我在回台北的車上，一直想著今天我跟阿忠的對話。

我跟阿忠說，我不是還喜歡著宜珊，而是一種什麼……我說不出來的東西。

然後我撥電話給宜珊，距離我上車的時間還有十分鐘。

電話一被接起，我立刻就說：「當初，我好像……忘了跟妳說什麼。」

「啊？」宜珊沒聽清楚，她的聲音告訴我，她完全不知道我在說什麼。

「我們在八個月前分手了。」我說。

安靜了將近十秒鐘，「嗯。」她應了一聲。

「但我到今天才發現，我一直忘了跟妳說什麼。」

「你忘了……跟我說什麼？」

「嗯。」我停頓了一會兒，「對。」

「是……你的痛苦嗎？」

「不是。」

「是……你的遺憾嗎？」

「不是。」

「那麼……是你的不愉快嗎？」

「不不不，」我有些急躁，「都不是。」我回答的聲音有些躁跳的情緒存在。

「那……你覺得是什麼呢？」

然後我突然想起來了，「是祝福。」

電話的那一頭沒有傳來任何聲音，宜珊此刻的安靜，是一種靈魂的聆聽。

「我愛過妳，宜珊，我很用心地愛過妳。

「我們相愛的時候很完美，所以當我們不再繼續在一起了，其實是不該有痛苦的。

「沒有痛苦，就不會有遺憾。

「沒有遺憾，就不會有任何的不愉快。

「雖然我對妳不曾說過愛，但因爲我眞的愛過妳，所以我想跟妳說……

「要幸福，要好好的，才對得起我們愛過的對方。」

說完，我起了一身的雞皮疙瘩，眼睛有點紅紅的，鼻子也有點酸酸的。

上了車子之後，列車以時速兩百八十公里以上的速度往台北飛奔，因爲我搭的是直達車，所以只停台中跟板橋。

到了台中，我收到宜珊傳來的簡訊，我看完之後，笑了一笑，心裡有一種踏實感。

阿尼，曾經是你的女朋友，我很榮幸。

要幸福，要好好的，才對得起我們愛過的對方。

20

有多少人可以用「我很榮幸」四個字來對前一個情人說，「曾經當你的情人，我很榮幸」的？

又有多少人可以「被」覺得榮幸，曾經別人當過自己的情人的？

前者與後者的差別在哪？其實完全沒有差別。

因爲他們都覺得，當初的選擇是對的。

我在高中時交過兩個女朋友，一個在高一，一個在高三。

高一時的那個女朋友，交往不到三個月就分手了。因爲她很喜歡郭富城，所以常常要求我學郭富城唱歌。大家都知道郭富城唱歌有一種很特殊的腔調和聲音，有點誇張的捲舌咬字讓他的歌聲很有辨識度。

但很可惜的，我唱歌一向是游鴻明一派的，深情而且有成熟魅力。

曾經我在家裡接電話，打來的人跟我說：「這裡是〇〇補習班，請問你的孩子在嗎？我們想請他到我們補習班來補習。」

可見我的聲音有爸爸的感覺。

要叫一個聲音有爸爸感覺的人模仿郭富城講話的腔調，還要學他的咬字，坦白說，眞的有難度。

「對你愛愛愛不完，我可以天天月月年年到永遠。」

「我是不是該安靜地走開，還是該勇敢留下來？」

「到底有誰能夠告訴我，要怎樣回到從前？」

KTV裡，我很盡力地試著用郭富城的聲音取悅她，但是她似乎不太滿意。我跟她說過，如果妳了解我有像了解郭富城那麼多的話，我會覺得很開心。

「我很了解你啊！」她辯解。

「眞的嗎？那妳知道郭富城喜歡吃什麼嗎？」

「當然知道，」她驕傲地說：「他喜歡吃廣東菜還有吃辣。」

「那我呢？」

「你？嗯……嗯……嗯……」她嗯了大概十分鐘，然後隔天我們就分手了。

高三那個女朋友是一個很會彈鋼琴的女孩子，爲了她，我還加入了學校的樂隊，就是爲了要學一些樂理，至少在跟她聊到音樂的時候，不會覺得自己什麼都不懂。

她是一個很有氣質的女孩子，我深深地爲她的氣質著迷。

我跟她還沒有在一起之前，所有的對話都是透過書信方式進行，今天我寫信給她，明天她就回信給我。

「我喜歡會寫歌詞的男生。」她在信裡面這麼說，然後我就拚命地寫一些歌詞，儘管詞不達意。

「我喜歡會吹薩克斯風的男生。」她在信裡面這麼說，然後我就跟學弟搶薩克斯風，故意在她經過我面前時吹得很大聲。

她爸爸是藝術學院的教授，媽媽是高中的音樂老師，對她的教育與要求自然相當高，管教也甚嚴。

有一次她爸媽不在，我們偷偷地在她家約會，我在她的額頭上親了一下，她卻因此貧血昏倒。我把她抱進她的房間，擰了毛巾放在她的額頭上，然後跪在她的床邊等她醒過來。

沒過多久，她爸媽回來了。看見一個陌生男子跪在自己的女兒床邊，他們受到的驚嚇可想而知。媽媽立刻就報警了，爸爸則是很快地把我「制伏」。

警察來了，我的爸媽也來了，我的女朋友也醒了，兩家子的人加上兩個警察，坐在一個氣氛非常低氣壓的客廳裡，誤會算是化解了，但也因此，我們被硬生生地拆散。

高中一畢業，她就被送出國，在音樂領域繼續深造鋼琴，我則是繼續念我的大學。

大學的時候，我交過三個女朋友，一個在大二，一個在大三，一個在大四。

大二時的那個女朋友，是她主動來追我的，那也是我這輩子唯一一次被追求。男追女隔層山，女追男隔層紗，女生追男生似乎都比較容易，當時我也不知道爲什麼，就答應跟她在一起，明明她並不是我的菜。

後來我仔細地想過，會跟她在一起，只是因爲她胸部大而已。

大三那個女朋友，本來是一個研究所學長的女朋友，後來我橫刀奪愛，還在校園裡發生當眾搶女朋友的事件。

但其實我是無辜的，因爲她告訴我她沒有男朋友，所以我整個人很投入，非常用心地在追求她，她覺得跟我在一起很開心。

然後她男朋友就出現了。

我還記得那天，我剛上完課，她傳簡訊告訴我，她在餐廳等我，想約我一起吃飯。

結果那是一頓鴻門宴，她的男朋友跟她坐在位置上等我，等我到了現場，他劈頭就說：

「你知道她是我的女朋友嗎？」

坦白說，我嚇到了。我根本不知道一個幾乎每天都跟我在一起的女孩子，會是別人的女朋友。

於是我看了看她，然後對著那個男的說：「她並沒有告訴我她有男朋友，不然我不會追求她。」

爲情談判的感覺眞的很奇怪，而且談判結束不到五分鐘，你就會覺得剛剛的一切都非常幼稚。

他在餐廳裡有點歇斯底里地問她：「妳要選誰？今天一定要有一個了斷！」

她開始掉眼淚，然後一直搖頭。旁邊還有一大堆來吃飯的人，大家都在看戲。

我則是冷眼看著這個悲哀的女人和悲哀的男人，在心裡想著：「我喜歡上這個悲哀的女人，我還眞他媽的悲哀。」

他們悲哀在哪裡？

男的悲哀在他以爲女朋友追到了就可以放著不理，愛情永遠不會變質。

女的悲哀在她以爲能同時得到兩個人的愛，幸福會有乘以二的重量。

媽的，悲哀。

大四的那個女朋友，我們在一起三年。

她是除了宜珊之外，我交往最穩定的一個女朋友。最後我們非常平和地分手，談分手時的態度都非常冷靜。三年的時間讓我們了解了一件事情：試圖改變對方，你就會失去自己。

我跟她其實有很多的不同，但我們卻都以爲愛能讓那些不同變得相同。

於是她試圖改變我抽菸的習慣，我試圖阻止她出門會化妝的習慣；她試圖了解我不會告訴別人的那一面，我試圖挖掘她不想被知道的那些事；她試圖安排我將來數十年的生命，我試圖決定她往後可以培養的興趣。

最後我們在咖啡館裡，各自替對方點了一杯咖啡，然後發現對方爲自己點的咖啡其實不是自己喜歡的，而是「對方希望自己喜歡的」，我們才在在一起了三年之後發現，彼此之間的差異竟然從來沒有減少過。

大學畢業之後，當兵的兩年根本沒時間談戀愛。

然後我退伍了，書也出版了三本。二十四歲那年，我賺到人生第一個一百萬，也找到了人生第六個女朋友。

她是一個銀行行員，每次我去銀行存提匯款都會遇見她。感覺我跟她很有緣，因爲十次有七次是她替我服務的。

我用存款單寫上「請妳看電影！」，她說好。

我用匯款單寫上「請妳吃晚餐！」，她說OK。

我用提款單寫上「下班去逛街！」，她說沒問題。

我最後直接用嘴巴問她「我們在一起？」，她沒說話，只是親了我一下。這當然不是在銀行裡面親的，請不要誤會。

在一起一個月後，她說她要去看項鍊。

在一起三個月後，她說她要去看鑽戒。

在一起六個月後，她說她媽媽要她結婚。

在一起九個月後，她說不結婚就要分手了。

「喔耶！」是她說分手時，我當下的心情。對不起，我竟然這麼地高興。一個二十四歲的男生在事業基礎還沒建構起來之前就要結婚？抱歉，我辦不到。就算我很早就賺進人生第一個一百萬，但那對我來說，還不足以當作一個可以養家結婚的數目。

然後，我遇見了宜珊。

「阿尼，曾經是你的女朋友，我很榮幸。」這眞的是很有力道的一句話，對吧？這表示我跟宜珊都沒有後悔當初選擇了對方，還一起走過了一段生命。

我不禁回想，高一時的那個女朋友，她跟我在一起，覺得榮幸嗎？

高三時的氣質女友，她跟我在一起，覺得榮幸嗎？

大二時的大胸部女友，她跟我在一起，覺得榮幸嗎？

大三時的劈腿女友，她跟我在一起，覺得榮幸嗎？

大四時的冷靜女友，她跟我在一起，覺得榮幸嗎？

二十四歲時的銀行女友，她跟我在一起，覺得榮幸嗎？

突然間，我發現我很感謝宜珊，她讓我看見自己在感情路上，一路走來的成長。當我也深深地覺得「曾經是妳的男朋友，我很榮幸」時，我們之間還有什麼是不完美的呢？

阿忠出院那天，他打電話給我，說他還好好地活著，我說「蘋果你個柳丁！非常好」，他說「橘子你個葡萄！改天回高雄我們去喝兩杯」。

小希在載我去搭車的那個晚上，告訴我她身上的香味是什麼，從那天開始，我就記得了她的香味……

也記得了她的臉。

「這是一種香水，名字叫想念。」

試圖改變對方，你就會失去自己。

你可以牽我的手

行人用的綠燈，小綠人開始奔跑了。
剩下五秒，我們還有一個路口要過。

我一邊急著過馬路，一邊擔心她沒有跟上我的速度。
念頭一轉，我加速跑過了路口，
我以爲她會跟上，但她卻被紅燈留在路的那一邊。

那一剎那間，我想起了這個熟悉的畫面。
三點鐘男生是我，九點鐘女生是她，我們之間接下來，會發生什麼事？
突然間，我變得沒有聯想力了。

「你可以牽我的手。」穿越馬路之後迎向我的她，笑著對我說。
「因爲一個人等紅燈，感覺很寂寞。」

21

我說那個香水的名字取得眞好，非常貼切。小希聽不懂我在說什麼，眼睛直盯著我看。

我不敢告訴她，因爲我開始想念妳，當我看不見妳的時候。

那天搭夜車回高雄，在車上我拚了命地培養睡意，但是睡不著。因爲我一直想起小希跟我說「這是一種香水，名字叫想念」時的臉龐。

我計算過，那是我被她電到的第四次。

後來我把小希的存在和我的想念告訴阿忠，他說：「魯肉飯你個蛋花湯，恭喜你走出跟宜珊分手的陰影！」

「不是應該用水果嗎？什麼時候換成吃的？」

「水果快用完了，換吃的也可以。」他說。

「喔！那擔擔麵你個蚵仔煎，我聽你在放屁！」我說。

但是阿忠好像不是在放屁，這一次，我被他說中了。

我忘了我是什麼時候發現自己喜歡上小希的，但我知道我對她產生「喜歡」的感覺之前，有一些跡象連我自己都沒發現，後來想想才覺得有點怪異。

我會在小希差不多快要到家的時間開始注意時鐘，也開始注意門外的動靜。非要聽到她上樓的腳步聲，我才會覺得定下心來。

有時候跟她一起吃飯，我會特別留意她的表情，還有她的動作，如果她需要面紙，我早就拿好準備遞給她了。

我還記得有一次小希請我幫她把乖女兒帶去寵物店洗澡，我騎著腳踏車，載著牠去找小希說的那家店，然後把乖女兒交給裡面那個慈眉善目的老闆娘。離開之前，我竟然下意識地對著乖女兒說：「爸爸晚點來帶你。」

小希叫我菸抽少一點，我的菸量立刻減半。本來是三天才抽一包，現在變成一個星期抽一包，這個改變讓我損失了一些菸，因爲台北氣候比較潮濕，菸的味道都變了。

我會在打三國無雙的時候，把小希練到五十級的貂嬋叫出來，然後看著螢幕裡的貂嬋發呆。

「媽的！怎麼有點變態？」我自己都開始有這樣的感覺。

有一次，我去上一個廣播節目，跟主持人談我出書以來的過程與心得。主持人從頭到尾都很規矩地詢問有關於我作品的問題，不像一些綜藝節目，一定要聊到一些八卦才甘心。

在上廣播之前，我有跟小希說我要上廣播節目，她很興奮地問我是哪一個電台，她要準時收聽。

「那是一個Live的節目，時間是晚上七點，那個時候，妳應該在……」

「沒關係，我可以不去上瑜伽。」她順著我的話回答。

「沒關係嗎？」

「沒關係，我就是要聽你上廣播節目。」她堅持著。

主持人問我，寫了這麼多關於愛情的故事，是不是有很多人誤以為我是兩性專家？

「嗯，是啊，我的部落格上經常有讀者留言，說希望我能替他們解決感情問題。」

「那你都怎麼回答？」

「通常我不太回答這類問題，因爲我並不是兩性專家啊！絕大多數人的問題出在缺乏溝通，我眞的覺得好好溝通是兩人融洽相處的第一要件。」

「那有沒有讀者直接寫情書給你呢？」

「嗯……有是有，不過我想她們喜歡的是寫書的阿尼，而不是眞正的阿尼吧。」

「寫書的阿尼跟眞正的阿尼不一樣嗎？」

「其實沒有太大差別，但書給人的感覺大多是比較好的，因爲人會自己去想像，當她們看見書裡的男主角有吸引她們的性格，自然地就會有『作者就是男主角』的錯覺，但其實她們只要看到我本人，就會幻想破滅的。」

「你對自己的樣貌沒信心？」

「我本來就不是帥哥，我知道自己幾斤幾兩重。」

「所以從來沒有人說你是帥哥？」

「從來沒有耶！我就是長得不怎麼樣，這一點我自己很清楚。其實誰不希望自己長得很好看呢？可是這沒得選擇，我只能說抱歉啊各位，可以的話多去看看我的書吧！因爲看見我本人會傷眼睛，看我的書卻不會。」

講到這裡，主持人跟我都笑了。

我還在心裡暗自稱讚主持人一直都沒問到什麼八卦問題的時候，她就破功了。

「現在有女朋友嗎？」

「呃……之前有。」

「所以現在是單身？」

「不過有喜歡的人？」

「呃……沒事啦，可以跳過去嗎？」

「說嘛說嘛，」主持人開始使出逼問功，「是不是已經有喜歡的人了？」

「嗯，不過……」

「算是吧，我還不是很確定……」

「那要不要藉這個機會，在空中跟她表白呢？」

「不用了不用了……」在錄音室裡，我開始冒冷汗。

「看來已經寫了無數愛情小說的阿尼，面對感情也會不知所措啊！」

「謝謝妳幫我下這個註解，萬分感謝。」我擦去額頭上的冷汗。

小希那天晚上跟我說，她聽完我的 Live 節目，有一種奇怪的感覺。

我的心跳漏了一拍。

然後她解釋說，一個住在她隔壁，看起來跟一般人完全一樣的男生，上了一個很知名的廣播節目，說了一些平時不太能聊到的話題，感覺很遠。

「但剛剛才聽完節目，一個小時不到，節目裡的那個來賓就站在我面前，感覺真的很奇怪。」她說。

還好，我鬆了一口氣。

我以為她想問我，我喜歡的那個女孩子是誰。那個廣播節目，如玉也有聽到。她在隔天的MSN上面問我，我一整個裝傻，說昨天上節目的阿尼是被附身的阿尼，不是我本人。

然後冬天就到了。台北眞他媽的冷，冷到一個無以復加。

小希說她跟朋友約好要到峇里島避寒五天，要我替她照顧乖女兒。本來小希打算把鑰匙交給我，我只要每天開她的房門，進去幫乖女兒清理貓砂，然後替牠倒一些食物就好，但是我怕乖女兒整天悶在一個主人五天不回家的房間裡，可能會無聊到到處大小便來洩憤。

所以我把牠的貓砂跟碗搬到我家裡，乖女兒就這樣跟我相處了五天。

載小希跟她朋友去機場的路上，她的朋友們超級聒噪。我有點懷疑四個女生一起到峇里島到底要玩什麼？

「每天洗SPA洗到脫皮啊！」她們異口同聲地回答。

然後我跟小希在海關前面說再見，她是四個女孩子中，最後一個進關的。

「替我照顧乖女兒，拜託你了。」她離開前還不忘交代我。

「妳放心，牠會很安全。」

「你也要保重，我回來還想看見你。」

「別說得很像要訣別了一樣，好嗎？我的眼淚都快要……」我故意裝出一副要哭要哭的樣子。

小希的笑容眞的很好看。

她走進海關之後，我聞到了一陣香味，「想念……」我不自覺地說了出來。

小希不在的那五天，我每天都很無聊。

如玉說如果無聊就快點寫一些東西吧，我想想也好，就開始動筆寫新的故事。

不知道爲什麼，本來只寫了兩千字的作品，在五天之內，字數迅速突破了四萬字。

我設定了一個男主角，一個女主角，因爲我之前說過，我想寫一個角色很少的故事。

就在小希要回台灣的前一天晚上，我寫完了一部分的小說，閒著沒事正在上網。

阿忠丟了我ＭＳＮ。

有個男孩叫忠哥，每天只會笑呵呵　說：

餛飩麵你個烏龍茶，死阿尼，你在幹麼？

阿尼不要每集都死，好嗎？說：

我在觀光……

在訊息送出去的那一秒，我才驚覺，小希對我的影響，已經有這麼多了……

在訊息送出去的那一秒，我才驚覺，

我對小希的喜歡，已經有這麼多了

22

有個男孩叫忠哥，每天只會笑呵呵　說：
什麼觀光？
阿尼不要每集都死，好嗎？說：
哎呀，你不懂！
有個男孩叫忠哥，每天只會笑呵呵　說：
就是不懂才問你啊！
阿尼不要每集都死，好嗎？說：
改天再跟你講！既然你今天這麼無聊，我們來繼續上一次的話題。
有個男孩叫忠哥，每天只會笑呵呵　說：
生小孩那個？
阿尼不要每集都死，好嗎？說：
現在不要生小孩了，因為他們不在荒島上了。

有個男孩叫忠哥，每天只會笑呵呵　說：

那場景換到哪裡？

阿尼不要每集都死，好嗎？說：

換到我現在住的地方。

然後阿忠不知道在幹麼，我等了幾分鐘之後，他才丟了訊息回來。

有個男孩叫忠哥，每天只會笑呵呵　說：

你是說角色換成你跟小希嗎？

阿尼不要每集都死，好嗎？說：

當然不是我跟她，是設定新的角色。

有個男孩叫忠哥，每天只會笑呵呵　說：

這兩個新的角色代表你跟她嘛，對吧！那這樣就更要生小孩啦！一定很精彩的嘛，多high啊！對吧！生小孩！生小孩！生小孩！生小孩！生小孩！生小孩！

然後我就把他封鎖了。

小希要從峇里島回來那天，在當地的機場打電話給我，說班機延誤了，要我別到機場去接她，免得等太久。

然後我聽到我的電鈴聲響，是在凌晨四點時。小希用一張表情很豐富的臉站在我的門口看著我，「阿尼，好久不見。」

她的表情有開心有輕鬆有疲倦，似乎道盡了她這五天的旅程就是這樣的。

我很想回應她一句，「是啊，好久不見，我很想妳。」但我是孬種。

「還沒睡？」她問。

「嗯，」我笑著點點頭，「在寫一些東西。」

「新作品？」

「不算啦，還在亂寫階段。」

「乖女兒呢？」

「在我的椅子下面。」我指著牠所在的位置。

「謝謝你替我照顧牠。」小希說。

「小事一件，不要放在心上。」

「明天我請你吃飯，好嗎？」

「不……」我才剛要說話，小希立刻就打斷我。

「別說不好，你替我照顧乖女兒，我是該請你吃一頓飯的。」

「我沒有要說不好，我是要說『不要只有吃飯』。」我故意耍了點嘴皮子。

「那你還想幹麼？」

「吃飯加看電影再加散步，好嗎？」

「這是搶劫嗎？」

「這是勒索，別忘了，妳女兒還在我的椅子底下。哼哼哼。」我故意露出一個壞人的表情。

她笑了一笑，說我的演技很爛，然後就拉著行李，轉頭回到她家去了。

我呆在原地，回頭看了看那隻用很奇怪的睡姿睡在我椅子底下的貓，然後我去敲了一下小希的門。

「怎麼了？」小希打開門，疑惑地問我。

「妳的乖女兒不用回家嗎？」

「沒關係，我看牠在你家也很自在，就先留在你那兒吧。」

隔天下午，我因爲作了一個很長的美夢而睡到不省人事。我夢到我跑到一個有著南洋風情的海邊度假，很多沙灘比基尼辣妹都在我眼前奔跑著，她們都有曼妙的身材跟美麗的臉蛋，不知道爲什麼，夢裡的鏡頭一直停在她們的胸部跟臀部上，我也沒得選擇，只能跟著看那些胸部跟臀部，非常地無奈……

然後我不知道從哪裡拿出一個大聲公，要她們到我身邊集合，她們竟然就一起跑到我旁邊來了。

去他的！這果然是夢，只有在夢中，才會有這種情形發生。

很意外的是，我竟然在這許多女孩子當中看見小希，揉揉眼睛覺得不可思議，她怎麼會在這裡？還混在這一群女孩子之中？我問她爲什麼在這裡，她說這裡是峇里島啊！然後我問她我爲什麼也在峇里島？她說是我載她來的。

聽她這麼一說，我心裡突然有很多疑問，於是我繼續說：「只有我跟妳來嗎？」小希回答：「是啊，不然你希望有別人嗎？」

「那這一群辣妹是怎麼回事？」

「因爲你手上有情聖大聲公，她們都會跟著拿情聖大聲公的人。」

「情聖大聲公？這名字聽起來像是周星馳電影裡面才會出現的東西。」

「你說對了，他正在你旁邊拍戲。」

小希話才說完，我真的看見星爺走到我旁邊，跟我說：「麻煩你老兄！把道具還給我吧！你拿著我的道具我怎麼拍戲？」

然後他拿走了大聲公，所有的辣妹都跟著星爺跑了，這時小希問我：「阿尼，你喜歡我嗎？」

熱帶的南洋音樂聲響起，豔陽高照，白色的沙灘與蔚藍的海水一望無際。我看著小希那雙很深很深的眼眸，不知道跟她深情對望了多久，最後，我什麼都沒有說，只是吻上她的雙唇，雙手在她的背上游移著。

小希來按電鈴的時候，夢中的我剛好要脫掉她的比基尼。如果她再慢個十分鐘來按電鈴，那麼夢裡面的那個小希大概……

三明治你個西瓜汁！早不按晚不按，居然在這種緊要關頭……

我帶著一絲絲的遺憾與憤恨打開了門，腦海裡還是那個身材很好、躺在我懷裡、比基尼快被脫下的小希。

「嗨！阿尼！」小希用她很有精神的聲音跟動作向我打招呼。

「妳好。」我努力撐開睡眼，看見她身上穿著毛衣加外套，好不習慣。

「你還在睡啊！」

「是啊……幾點啦？」

「都兩點多了，起床囉！」

「要去哪裡？」

「吃飯看電影加散步啊！」

「妳不是說我在搶劫嗎？」

「但是我並沒有拒絕你搶劫我啊。」

小希說這句話的時候，那個聲音和表情，讓我一下子清醒了過來。

我計算過，這是我第五次被她電到了。

作有很多比基尼女郎的白日夢，真有一種不想醒來的感覺。

23

十二月了，台北好冷。

在走路的時候，無意間會不小心碰到小希的手，我能感覺到她的冰冷。

她用一條桃紅色的圍巾包著自己的脖子，在那張被冷空氣凍白的臉上，透出跟圍巾一樣的紅色系。

有時候，圍巾會蓋住她的嘴巴，只露出她的眼睛跟鼻子。那個樣子的她，眞的很美。

走在路上的時候，小希問我，「阿尼，你怕冷嗎？」

「我很怕呀！」雙手手掌刻意摩擦了幾下，看著小希的臉，我點點頭。

很多人怕冷，很多人怕熱，但到底是怕冷的人多？還是怕熱的人多？

阿忠說根本不需要思考這個問題，怕冷的人留在高雄，怕熱的人躲到台北去就對了，想那麼多幹麼。

嗯，想想也對，難得他這個人說話這麼切中要點。

這是我跟小希一起度過的第一個冬天，卻是我第二次在台北過冬。

我記得第一次是在我退伍的那一年。

當時幾個大我幾梯，比我早退伍一兩個月的學長，在我退伍當天打電話給我，「阿尼，今天退了吧？上台北啊！我們帶你去玩！」

然後我帶著好幾天的行李和一些錢，買了一張機票，糊里糊塗地就降落在台北松山機場了。

出了機場大門，我看見遠方的建築物上有個時間與溫度顯示器，它先是說「20：30」，然後說「11℃」。

「幹！好冷！」我獨自打著寒顫，站在門口，手插在口袋裡，不停顫抖著。

台北的冬天很濕，清晨與晚上的時間，呵口氣都會冒煙。

「天啊，這將近七百個日子，每一天都是折磨，這一天終於到了，我終於退伍了！」看著手上的退伍令，搭配著台北寒冷的冬夜，我有一種想哭的衝動。

「你們看，死阿尼在那裡。剛退伍就一臉大便樣，看了眞難過。」學長們一行四個人開車來載我，他們把車子停在我的面前，搖下車窗看著我，這麼調侃著。

這時想哭的情緒更是濃烈，因爲退伍的第一件事情竟然是看見他們四個人，感覺好難過。

一輛一千六百CC的小轎車擠了五個大男生，坦白說是有點辛苦。不過還好沒有人是胖子，不然我會被擠到吐。

那天我們先去燒烤店吃了晚餐，在那裡聊了很多當兵時的事情。他們雖然才退伍沒多久，但是每一個人都找到工作了。想想也還滿正常的，畢竟他們都是從很好的研究所畢業的啊。

然後他們問我退伍了要幹麼？我笑一笑，說打算繼續寫作。他們開始虧我寫的東西很爛很難看，說看了會哭會掉眼淚。

時間接近晚上十二點，他們帶我到一家夜店跳舞，說我剛退伍，久未近女色，所以要慰勞我一下，帶我去看辣妹。

念大學時，我去過幾次夜店，但我都是去顧包包的那個人。每一個同學都去跳舞虧妹，只有我留在座位上看著包包，一個人喝著啤酒抽悶菸。

而這一次也差不多。

其實把包包丟給我看顧是不至於讓我覺得不開心啦，我本來就是個不會跳舞不會high的人，到夜店去，只是純粹想看美女、看人跳舞，幫朋友顧包包只是順便而已，一點都不會覺得委屈還是無聊。

不過不知道是老天爺看我可憐還是怎樣，那天學長們在裡面搭訕了另一團的女孩子，其中一個跟我一樣是「包包管理員」，他們把她留在我身邊之後，就繼續跳他們的舞。

「妳好，我叫阿尼。」我先自我介紹。

「嗨，我叫○○。」她接著說。

抱歉，我用了○○代替她的名字，因爲我忘記她叫什麼名字了。

之後大概過了三十分鐘吧，我們坐在彼此身邊，相距只有大概十公分的距離，卻一句話都沒有說。

後來我不知道是腦袋裡的哪一根筋突然斷了，我問了一個很白癡的問題：「○○小姐，我一直以來都有個疑問。」

「嗯？」她轉過頭來看著我，「你說。」

「就是……妳們女孩子自己來夜店，是不是都期待男生來搭訕？」

問完過了三秒，我才發現我是笨蛋。然後我企圖想跟她說不需要回答，我問了一個笨問題，很抱歉，沒有其他意思之類的話，不過我還沒來得及開口，她就回答了。

「我必須承認，有些是，有些不是。」

「喔……」我故作思考地點點頭，期待這個話題快點過去。但她卻沒打算就這樣順從我的期待。

「如果是你來跟我搭訕的話，就可能會成功。」

「喔？真的嗎？為什麼？」

「因為你長得很親切啊！」她說。

小希聽到「親切」兩個字的時候，笑到噴了幾滴口水。

「有這麼好笑嗎？」我扁著眼睛看著她。

「她的形容詞還滿準確的呀！」小希說。

「準確？那她的下一句大概更準了。」

「她下一句說啥？」

「她說，長得就像里長伯的兒子。」

「哈哈哈哈哈哈哈哈！」←這是小希的笑聲。

不知道為什麼，看著小希笑得這麼燦爛，這麼開心的同時，我心裡感覺到一絲絲的痛苦。

難道長得親切，就像是里長伯的兒子，也是一種罪過嗎？

阿忠說過我長得像「超級路人六號」，但現在對我的形容大概要改成「超級里長伯的兒子十號」了吧，我想。

「里長伯的兒子，你要帶我去哪裡玩？」小希俏皮地笑著。

「帶妳去打棒球好了。」

「打棒球？」

「是啊。去過嗎？打擊練習場。」

「沒去過。」她搖搖頭。

「喜歡棒球嗎？」

她點頭如搗蒜，「很喜歡。」然後表情立刻改變，「但是會怕。」

「爲什麼會怕？」

「因爲球打到身體會很痛啊！」

這不是廢話嗎？

在這種很冷的天氣，到棒球打擊練習場打球，是一種很危險的行爲。

因爲冬天比較寒冷，如果沒有做好熱身，筋骨就會特別僵硬，一個不小心的使力，就可能讓你受傷。

所以我換好了一堆代幣之後，選擇時速九十公里的球道練習揮棒，而且在進去之前，我還做了一陣子的暖身操。

在此同時，我還叮嚀小希，一定要做暖身操才能進去打，不然明天肯定肌肉痠痛。

話剛說完，我一個後仰，差點閃到腰。

「阿尼，你常來這裡練習打擊嗎？」小希問。

「不算常耶。」

「九十公里很快耶，你打得到嗎？」

「當然打得到！」我有一種被輕視的感覺，「就算我不常打，這也只是九十公里好嗎？這種球速是非常慢的！」

然後我連揮了十幾個空棒。

「芒果你個酸梅！怎麼會打不到？」這是我心裡的ＯＳ。小希在外面看著我，笑得有點尷尬。

「小希，九十公里的球速是很快的，妳要小心。」小希進打擊區前，我叮嚀著她。

「我剛剛看就覺得很快呀！我好害怕！」

「別怕，鋒哥陳金鋒說過，球來就打。」我說。

然後她隨便揮都打得到球。

「巧克力你個百香果！這女的是天才嗎？」這是我心裡的OS。小希回頭看著我，很開心地笑著，而我笑得有點尷尬。

接著我們轉換到時速一百公里的球道，下場依舊：我還是一直揮空棒，小希還是一直打出安打。

後來我故意把打不到球的原因歸咎於穿太多、穿太厚、很久沒運動、投球機都丟壞球……等等理由上面，小希只是笑著，但她的眼神卻在說著：「牽拖！」

再換到時速一百一十公里、一百二十公里的球道，小希開始打不到球了，但相反的，我開始抓到球感，頻頻將球打得又高又遠。後來我很臭屁地對小希說「前面的球太慢了，太慢的球我不會打」，惹來小希一雙白眼。

她的白眼是正確的，因爲我在一百三十的球道上，二十一球只打到兩球。

打到手上剩下三枚代幣，我們兩個站在一百四十公里的球道前，我心裡思考著要不要進去丟臉時，小希靠近我的耳朵，並且指著離我們不遠的一個男生說：「剛剛那個男生進去，一球都沒有打到，被他的朋友恥笑。」

感覺她像是在提醒我，不要進去丟臉，不然她會恥笑我。

「那妳覺得我打得到球嗎？」

「你想聽實話還是謊話？」

「先聽謊話。」

「阿尼最厲害了，時速兩百公里的球都打得到。」

「靠！妳這個是唬爛，不是謊話。」

小希笑到彎腰。

「那實話呢？」

「實話很殘酷，就是你打不到。」

「那如果我打到了怎麼辦？」

「打到有很多種啊，亂揮或是短打當然就打得到。」

「那妳說說看，怎樣算是打到？」

她想了一想，「你要連續擊中五球以上，而且都要飛出去才算真的打到球。」

「如果我打到了，我能要求獎勵嗎？」

「什麼獎勵？」

「例如小希愛的擁抱之類的。」我鼓起了勇氣。

小希臉上一陣紅暈，不好意思地把視線移開，然後推我進球道。「還敢要獎勵，你先打到再說。」

一枚代幣可以打二十一球。在那二十一球裡面，我很認真地揮擊，卻只擦到三顆，時速一百四十公里，等於是球一離開發球機，就要揮棒了。

挑戰失敗，我心情沮喪，帶著失望的表情走出打擊區。小希坐在外面，笑著看我。

「失敗……」我嘆了口氣，「愛的擁抱沒了……」

「誰說的，你還有兩次機會啊！」她拿出剩下的兩枚代幣。

通常故事進行到這裡，整個發展的方向就開始不同了。男主角這時受到了女主角的鼓勵，拿了那兩枚代幣進打擊區之後，就像變身成陳金鋒一樣，一連揮出好多支安打，每一球都扎扎實實地擊出去，那球棒與球互擊的聲音眞是美妙，球的飛行軌跡在天空畫出漂亮的弧線。

走出打擊區，女主角起身上前，獻出愛的擁抱，兩人還輕輕地一吻，背景音樂響起，是整部戲的主題曲……

好了，別作夢了。

那只是戲，而我不是陳金鋒。

站在打擊區裡看著時速一百四十公里的球朝你飛來，那速度真的快到讓人來不及眨眼。

用這個來賭愛的擁抱，我真是笨蛋！

24

那天晚上，我們一起吃了一頓很有學術研究味道的晚餐。

因爲我們的話題，一直圍繞在「詩」上頭。

我只是個會寫文章的人，「詩」對我來說有難度，雖然我也寫過。

會寫文章不表示一定會寫詩，但我有把握，會寫詩的人一定會寫文章。

如果文章表示集文化之大成，那麼詩就是集文章之大成了。

杜甫杜牧李商隱這一些偉大的詩人，如果他們現在還活著，我敢說他們的文章一定會造成一陣轟動。

「不過李白就不一定了，他這個人感覺很白爛，說不定寫出來的文章一樣白爛。」我說。小希聽完後，又忍不住哈哈大笑。

「爲什麼你只針對李白？」

「因爲他寫過一首詩，叫作《怨情》。詩是這樣寫的：美人捲珠簾，深坐蹙娥眉，但見淚痕濕，不知心恨誰。」

「嗯，這首我知道，然後呢？」

「看起來他是寫了一首很美的詩，只為了一個美女的蹙眉而傷感。但為什麼沒有人發現，他只是在掩飾他是個偷窺狂的事實罷了？」

小希聽完呵呵地笑了。

「如果把這首詩拿到現在來看，根本就是一個狗仔隊寫的詩。」

「為什麼？」

「妳看嘛，整首詩在描述的情景就是，某個被狗仔跟蹤的女藝人回到家拉開了窗簾，然後坐在自己的沙發上，心情不好緊皺著眉，後來還掉下眼淚，不知道是被哪個男藝人拋棄了，心裡憤恨著他。」

「所以你懷疑李白是狗仔？」

「不是懷疑，他根本就是。」

小希說我想太多。

後來她問我，寫小說跟寫詩哪裡不同？

我告訴她，「詩」必須用最少的字句，說出最多的情感或想表述的意義。但「小說」是用最多的字句，來說完一個故事或是一件事情。

「有時候一首詩，二十個字，可能寫了二十年的歲月。但一部小說，兩萬個字，可能只寫了故事發生的那一夜。」

「哪一種比較難？」

「看起來當然是寫詩比較難。」

「所以你不會寫詩，是嗎？」

「應該說，大家都會寫詩，大家都會寫小說。」

「只是寫得好不好而已？」

我搖搖頭，「只是有沒有寫出情感而已。」

小希似懂非懂地看著我，我喝了一口飲料，繼續解釋著。

「就拿抽菸來說吧。抽菸只是一個動作，要寫得出來，其實沒什麼難度。但是要把抽菸寫得好看，就在於有沒有把抽菸的情感寫出來。」

「抽菸也有情感？」小希露出疑惑的神情。

「抽菸當然有情感。有些人抽菸抽得很帥，那麼看著他抽菸的人有一種情感，抽著菸的人本身也有一種情感。就像電影裡某些角色經歷了一些事情，某天夜裡，在窗邊深深地吸了一口菸，然後慢慢地吐出來，觀眾看著他抽菸，就能感受到他在演什麼。」

「那你會怎麼用詩跟小說來描述抽菸這件事？」

「如果用詩的方式表達，那你可以這樣寫：飯後一根菸，快樂似神仙，飄裊白煙裡，如置天堂間。

「如果用小說的方式來寫抽菸，那麼我曾經寫過兩個。

「第一個是『抽菸是一種情緒輸送，你把不健康的尼古丁跟焦油吸到肺部裡，然後把不健康的心情跟情緒吐出來，既然都是不健康的，就不需要再去多想什麼了』。

「第二個是『上帝決定你的靈魂需不需要尼古丁』，因爲上帝是個老菸槍，如果祂在創造你的時候正在抽菸，那麼你的靈魂就會記得尼古丁的味道。等到你降生在凡間，你一定會學會抽菸，因爲你的靈魂需要尼古丁。

「比較我在詩和小說兩種文體上的描述，妳就會看出差別。我不是個很會寫詩的人，所以關於抽菸的詩，我只能寫到六十分；但關於抽菸的小說，我可以寫到八十分。

「我在小說的情感拿捏上比較順手，因爲已經寫習慣了；但我在詩的情感拿捏上比較生疏，因爲我不是寫詩的高手。」

「所以，你的重點是情感，而不是你寫了些什麼？」

「對。」我微笑點點頭，「就算你只寫了一行字，只要有情感，那一行字都會讓人感動到哭。」

「那你可以把走路寫得很感動嗎？」

「有情感，就可以。」

「那你可以把發呆寫得很感動嗎？」

「有情感，就可以。」

「那你可以把吃飯寫得很感動嗎？」

「有情感，就可以。」

「那你……」她還打算繼續開口說東說西的時候，我打斷了她。

「就算是我們這樣普通的對話，只要有情感，我就可以把它寫得很感動。」

她聽完，緩緩露出微笑，臉上的表情靈活生動，她就這樣看著我，大概過了十秒鐘，她才再度開口：「那你會怎麼寫現在的我們？」

「妳想聽？」

「我想聽。」她點點頭。

「那我要講囉？」

「不可以耍白爛喔。」她說。

然後我深呼吸一口氣，看著小希的眼睛，緩緩開始。

「上輩子燒了好香，我才有這個機會，能跟妳一起吃這頓晚餐。」

「你在耍嘴皮子，不是在寫東西。」

「也是上輩子燒了好香，我才有機會住在妳家對面，當妳的鄰居。」

「這也是在耍嘴皮子。」

「我是先認識了乖女兒的鈴鐺聲，還有被妳摔壞的電視機，然後才認識妳。」

「然後呢？」

「我喜歡妳的大捲髮、妳做的信袋、妳玩到五十級的貂嬋，還有那個叫作想念的味道。」

「阿尼，你在寫情書嗎？」

「乖女兒住在我家五天，我每天都跟牠說，妳想念妳媽媽嗎？我很想念她。」

「……」

「是的，我很想念她，但是我不敢告訴她。現在，她問我，要怎麼寫現在的我們。我想跟她說，那個我很想念的人，就在我面前，但我依然想念她。」

我看著她的眼睛，看著她的表情，她每一絲情緒的變化，還有她的笑容。

我不知道她覺得我「寫」得感動與否，我只記得，她笑得很美。

過了不知道多久，她問我，「寫完了？」

我點點頭。

「寫完了，要取個名字啊！」

「取名字？天啊，我最不會取名字了。」

「那我來想名字好了。」

「好，就給妳想。」

「可是我現在想不起來。」她吐了吐舌頭。

「沒關係，想到再告訴我吧。」我說。

然後我們結完帳，走出餐廳。台北的冬夜，溫度低得讓我想罵髒話。

我把雙手插進口袋，她把雙手放進她的外套裡。

走在前往停車場的路上，我轉頭問她，「我寫得好嗎？」

「不告訴你。」她淘氣地拒絕回答。

「我寫得不好嗎？」

「不告訴你。」

「我寫得妳不滿意嗎？」

「不告訴你。」

一陣冷風從後面吹來，我感到陣陣寒意，但在那陣冷風當中，卻有著「想念」的味道。

我回頭看著她，她的大捲髮隨著身體走動的起伏在擺動著。時間好像回到剛認識她的那天，她的大捲髮吸引了我的視線。

行人用的綠燈，小綠人開始奔跑了。

剩下五秒，我們還有一個路口要過。

我一邊急著過馬路，一邊擔心她沒有跟上我的速度。

念頭一轉，我加速跑過了路口，我以為她會跟上，但她卻被紅燈留在路的那一邊。

「你可以牽我的手。」穿越馬路之後迎向我的她，笑著對我說。「因為一個人等紅燈，感覺很寂寞。」

一個人等紅燈，感覺很寂寞。

暮水街的三月十一號

一年的時間對一個人的生命來說，佔了多少份量？
而一個人在另一個人的生命裡，又能佔多少份量？

是時候該說再見，就是時候接受離別。
只是……說再見的當下，
那個人在你生命中的份量，會不會改變？

25

過農曆年之前，我總算把稿子交出去了。

如玉說她要去給天公媽還願，因爲她跟天公媽祈求，如果阿尼可以在過年前交稿，那她就要買三隻大壽龜去祭拜祂。

「大壽龜不好吃，有的食品廠做得都太甜。」我說。

「你管人家做的甜不甜！」電話那頭，如玉的聲音帶著怨氣，「管好你自己的作品就好！你自己想想，多久沒新書了？」

「很久了嗎？」

「當然很久了！」

「我不覺得很久啊！」

「都已經在台北住了快一年了還不久？」如玉今天不知道是不是吃了炸藥。

可是，是眞的啊，我眞的不覺得很久啊。是時間過太快？還是我的感覺太遲緩？還是我希望時間跟感覺都慢一點？

未滿十八歲的時候，我覺得每天都過得很慢，因爲課業很重，學生的負擔很重。我不喜歡這種「很會念書才有書念」的教育制度，偏偏那個年代的我們，大學錄取率只有百分之四十幾。

在我快滿十八歲的前幾天，我覺得時間變得更慢了。因爲我想考機車駕照，那我就可以光明正大騎機車。

在我大學四年級那一年，我覺得時間過得太快了，我不是才剛進大學嗎？不是才剛參加迎新活動嗎？爲什麼突然間我就大四了？

這輩子覺得時間過得最慢的時期，是當兵的那兩年，每天都像是一年那麼漫長。那種感覺像是被佛祖壓在五指山下五百年的孫悟空，你一直抱著「唐三藏會來救我」的希望，但是佛祖卻對你說「唐三藏已經嗝屁了」。

對，就是絕望，當兵的日子慢到令你感到絕望。

然後退伍了，時間又把油門踩到底了。一直到已經三十二歲的現在，我都還在懷疑，「咦？我不是剛退伍嗎？怎麼過了八年了？」

暮水街的一年快過了嗎？爲什麼我一點感覺都沒有呢？

我眞的很久沒出新作品了嗎？爲什麼我一點感覺都沒有呢？

就這樣說著說著，新年就到了。

過年，很多人都要回家，當然我也不例外。我準備回高雄，而小希準備回花蓮。都已經當了這麼久的鄰居，我到現在才知道小希是花蓮人，我眞是夠「雷格」的了（雷格是英文 Lag 的音譯，原意是電腦的運算速度延遲，後來衍生出反應或知道消息的速度太慢的意思）。

因爲小希要上班，所以我替她買好了從台北往花蓮的自強號車票，然後送她到車站。

每當過年過節，要返鄉的人潮就像是要逃難的難民一樣，一大堆人擠在車站，滿心只想著要搭上車，好像沒搭上車就會被留在戰區一樣。

我載小希到車站的時候，裡頭已經是人山人海了。

小希說車站旁邊人太多，不好停車，要我讓她在路邊下車就好，她可以自己走進去。

就在她跟我說拜拜，然後提起裝著乖女兒的寵物袋下車關門的那一剎那，我的心突然揪了一下。看著她一直走遠，直到沒入人群裡，然後消失……

「我怎麼開始想念妳了？」我聽見自己這麼說。

我深呼吸一口氣，開著車子上高速公路，直奔高雄。

結果我開了六個半小時的車才到高雄，高速公路的平均時速只有六十。

哼！眞是「高速公路」啊！

忘了是初幾了，那天晚上我接到小希的電話。時間是半夜幾點我也忘了，我只知道我跟好幾個瘋子在KTV裡唱歌，我接起電話說「喂」的時候，阿忠正好在唱「領悟」。

「啊，多麼痛的領悟，你偷走我的內褲。」

幹！亂改歌詞就算了，他還唱到破音。

「好熱鬧啊！」小希說。

「是啊，一群瘋子。」我推開那群瘋子，拿著電話走出包廂。

「你們在唱歌？」

「不，正確一點說，是他們在唱歌，我在當DJ。」我還刻意強調了「他們」兩個字。

「只是……爲什麼我剛剛好像聽到……內褲？』

「……呃……沒啦，妳聽錯了。」該死！我爲什麼要幫阿忠解釋？

「希望如此……」小希說。

「一定如此。」我承諾著。

「阿尼，我該睡了，明天一早還要跟家人出去呢。」

「好，晚安，小希。」

「晚安，阿尼。」

兩秒之後，小希掛了電話。

這時我才說出「我很想妳」。

唉……我眞是笨蛋。

我很想妳。

過年後，出版社規畫好我的新書出版日期，在二月底。

如玉打電話給我，要我去簽新書的合約，我們約在她的辦公室，下午三點。到了出版社才知道，他們計畫要辦一場新書發表會。

雖然不是第一次辦新書發表會了，但是每一次面對媒體，還是會有點怪怪的。唉，我就是這種不太會跟媒體交際的人吧。

「能不能不要辦發表會，發新聞稿就好了？」我試探性地開口。

「不行。」如玉斬釘截鐵地拒絕。

「那能不能不要邀請太多記者？」

「不行。」

「那能不能……」

「你少在那邊賴皮，辦活動是爲你好，而且你這麼懶，這麼久才交出一本書，要是再不認眞一點，一些新人馬上就要超越你了！」如玉氣呼呼的。

「被超越很正常不是嗎?長江後浪推前浪啊,我這種十年老浪了……」我自己揶揄了自己一番。

「你確定你還在江上嗎?」沒想到如玉更狠。

「呃……」頓時,我語塞,「好啦,那我在水溝裡可以嗎?」

「這個月有一個新人,書賣得很好,人家是女孩子,而且這只是她的第一本書,結果都快追上你的腳步了。」

「喔?眞的嗎?寫些什麼啊?」

「寫她跟她的貓的故事。」

「喔?所以這本書被歸在寵物類嗎?」

「……」

「不是嗎?那是養殖類?」

「……」

「也不對?那是什麼?貓會說話嗎?奇幻文學類?」

「……」

我還想繼續猜下去,如玉就歇斯底里了。

又過兩天，我到出版社去拿點東西，遇到了如玉，還有一個正妹。

通常我在出版社看到如玉，都會像是被吹箭射中脖子一樣，突然間沒什麼精神地渾身癱軟，不過那天看見她旁邊站了一個正妹，感覺精神百倍。

後來我跟那個正妹哈啦了一會兒，問她在出版社哪一個部門工作，她說不是，她是一個新作者。

然後她從包包裡拿了一本書給我，「這是我這個月出的新書，您是前輩，還請您多指教。」

「哇靠！」看見她的筆名，我吃了一驚，不自覺地驚呼。

她是惆悵小姐。

「小希，她是惆悵小姐！」我回家之後立刻跟小希分享這個消息，還一邊把書遞給她。小希瞪大了眼睛，不敢相信。

「她出書了？」

「對，而且賣得很好。」

「她寫得那麼好，一定賣得很好啊！」

「今天我在出版社遇見她。」

「她長得怎麼樣？」

「是個正妹。」

「天啊……」小希忍不住讚嘆，「又會寫文章，長得又漂亮……」

「妳也是正妹啊，妳也可以寫文章。」

「我有在寫啊，寫在我的部落格上面。」

「我怎麼不知道妳有部落格？」

「你又沒有問。」

「妳又沒有講。」

「你又沒有問。」

「妳又沒有講。」

「你又沒有問。」

「妳又沒有講。」

然後我們就陷入這個對話迴圈裡了，一直到小希把她的門關上才結束。

二月底的時候，我的新書出版了，發表會隨之而來。

發表會大概就是記者會，都是長那個樣子的。

有一張很長的桌子，桌子上都是飲料和水果，還有一堆切得四四方方的一口蛋糕。門口有張接待桌，上面有條粉紅色的布，那是給出席的來賓和記者簽名用的。

比較不一樣的是，這場新書發表會，順道替惆悵小姐的書做了一波宣傳。她跟我一起出席，一起坐在最前面的受訪席上。記者問的問題依然很制式，我們的回答也依然很官方。

其實這也滿正常的，我們只是作者，不是什麼明星，記者的新聞也只是要寫到我們的新書，不是要寫我們的八卦。

發表會結束之後，宜珊打了電話來，向我說恭喜。

「你好久沒出書了，我以爲你不寫了。」她說。

「怎麼大家都說很久，我一點都不覺得久啊。」

「讀者不喜歡等待，等待的感覺總是漫長。」

「寫書需要長時間的累積與消化，寫得快，不一定寫得好啊。」

「恭喜你出新書，阿尼。」

「謝謝妳，宜珊。」

「我昨天就收到這本書了，你們出版社寄媒體公關書到我公司，昨天晚上我就一口

「嗯……是梅格平胸跟尼可拉斯苦瓜……」

說完，我們對望了一眼。

然後，我們都笑了。

（

然後，我們都笑了。

27

紅豆湯加芋圓很好吃，尤其是小希買的。梅格萊恩還是被撞飛了，沒辦法跟已經放棄天使身分的尼可拉斯凱吉在一起。

沒辦法，那是電影，而且是已經拍完的電影，不會有其他的結局，他們就是不能在一起。

如果人生就像電影，那麼誰跟誰能在一起，是不是也都照著劇本來呢？

如果是，那劇本是誰寫的？劇本裡的角色會不會再被撞飛？劇本裡的天使會不會掉眼淚？

其實我想這個有點多餘，因爲我們永遠不知道人生的下一秒會發生什麼事，就像梅格萊恩不知道自己會被大卡車撞死一樣。所以人生跟電影的相同點，大概只有「生命的未來不可預測」吧。

小希在她的部落格上面寫了很多文章，從我地震陪她到天亮那天開始，一直到最近。我花了一個晚上的時間看完她的部落格，有些文章我看得哈哈大笑，有些則是讓我差點掉下眼淚。

她為部落格取了一個很適合她的名字，叫作「傻孩子過日子」。

而她最近的一篇文章，篇名是〈給阿尼〉。我看了有點驚訝，也有點緊張，我手握著滑鼠，有點顫抖地點了下去……

靠！要輸入密碼。

就在我為此翻白眼的時候，密碼輸入欄下面有一行字，寫著「提示：你搬來的那一天」。我抬頭看著天花板，想了老半天，完全想不起來那到底是哪一天。

然後我想到租屋合約上面有註明日期，於是我翻箱倒櫃，找了半天，就在我以為合約不見了的時候，卻發現它就在放我的電腦旁邊。

中華民國九十六年三月十一日。

我照著上面的日期唸了一遍，然後輸入九六○三一一。

結果是錯的。

「會不會要西元？」我心裡這麼想，然後輸入二○○八○三一一。

結果還是錯的。

「二○○八○三一一也不對？為什麼？」然後我發現我輸入的年份錯誤，所以我又重新輸入二〇〇七〇三一一。

靠……還是錯的。

「是不是不需要年份？」我邊懷疑邊輸入〇三一一。

終於對了。

暮水街的三月十一號

阿尼，你知道嗎？我要設定密碼的時候，想了很久很久，都想不起來你到底是在哪一天搬來的。後來我從自己收集的一大疊發票中，找了一年左右以前，在7-11消費的發票，看見其中一張的明細寫著買了兩瓶可樂，上面印著「2007-03-11　20：37」。我想起那是買給你的兩瓶可樂，那是垃圾車來的時間。

那是你出現的那一天。

然後時間不知不覺地走了，遇見你的時候是春天，然後夏天到了；我還在感嘆，還沒到墾丁去跟夏天的太陽說哈囉的時候，秋天突然就來了；當我發現日落得一天比一天早，卻一天比一天還要晚天亮時，台北已經進入了冬天。

現在，又快要春天了，我們當鄰居的日子，就快要滿一年了。

一年的時間，到底是多長呢？有沒有長到讓人忘記些什麼？還是只短到讓人記不得什麼？

我不敢說我能記得跟你相處的每一天，但是我敢說，我將永遠不會忘記你。

我載你到車站去搭車那天，你問我，我身上的香水味是什麼，我說，那叫作想念。

但其實它不叫想念，它叫作「離別」。

看著你乘坐的客運緩緩離開我的視線，我突然發現，或許「想念」是「離別」的另一個名字……

因為離別會讓人更想念。

房東跟我說你只在這裡賃屋而居一年的那天，我覺得我身上的香水味變了。因為再過沒多久，你就要離開暮水街。

阿尼，一年的時間對一個人的生命來說，佔了多少份量？

而一個人在另一個人的生命裡，又能佔多少份量？

如果小希能活到六十歲，那麼一年對小希來說，只佔了六十分之一。

而阿尼在小希的生命裡出現了一年，也只佔了六十分之一嗎？

對不起，我的算術很差。

因為我算出來的答案，是永遠。

我說過，我一定會讓你看看我寫的文章，而且你答應過我，一定會告訴我，我寫得好不好。

我寫得好嗎？阿尼。

如果我寫得很好，你是不是願意留下來？是不是願意繼續留在暮水街？

那天我們在餐廳裡吃飯，我們聊到了詩，聊到了情感。我說要為你那天說的那些話取一個名字，你還記得嗎？

就叫作「暮水街的三月十一號」吧，好嗎？

是時候該說再見，就是時候接受離別。

只是……說再見的當下，那個人在你生命中的份量，會不會改變？

阿尼，答案是會的。

因為那份量只會變得更重，而不會變輕。

嗯，就叫作暮水街的三月十一號吧。

28

很多人排隊等著要到九十公里時速的球道上練打，我排隊排到有點抓狂。然後旁邊的一百公里、一百一十公里、一百二十公里、一百三十公里也都一樣，至少都排了五個人以上。

一枚代幣二十一顆球，每一顆球之間間隔六秒，就有一百二十六秒，也就是一個人要打兩分多鐘，五個人就要打十幾分鐘，光是站在那邊看，身體就冷掉了，進去肯定打不好。

我是說我啦，如果是棒球高手，就算身體冷，只要一投幣，隨便打都比我好。一百四十公里的球道，只有一個高手在使用。我看著他一次又一次地把球打得又高又遠，那擊球的聲音更是嚇人。

他走出球道之後看著我，問我說：「你要打嗎？」

「我在等那邊的。」我指著九十公里的球道。

「放輕鬆，讓身體去感覺球來的速度，然後提早揮棒，你也能打到一百四十公里的球。」他指導著。

「我有打過，但是打不到，頂多擦棒。」

「有擦棒就是好的開始，那表示你有這樣的反應。把當時擦棒的感覺記下來，那就是你跟上速度的反應，只要習慣這個反應，就能打到球。你現在進去，試著提早一些些揮棒，一定打得出去。」

然後他替我開了門，示意我進去試試。

我不好意思地點點頭，走進去，將代幣投入機器，然後很緊張地拿起球棒，發球機開始運轉……

我想起小希。

「阿尼最厲害了，時速兩百公里的球都打得到。」小希說。

「靠！妳這個是唬爛，不是謊話。」

我記得小希笑到彎腰。

「你要連續擊中五球以上，而且都要飛出去才算打到。」她說。

「如果我打到了，我能要求獎勵嗎？」

「什麼獎勵？」

「例如小希愛的擁抱之類的。」

「還敢要獎勵？你先打到再說。」

我想起小希推著我進打擊區，然後站在外面替我加油。

時速一百四十公里的球眞的很快，快到眼睛才剛看見球，它就已經到了。

那位高手先生站在打擊區外，告訴我該注意什麼，他說我太僵硬，他說我太想去碰球，他說我揮棒不自然，他要我別太用力，讓身體自然地反應那個速度。

然後我擊中了。

球飛得又高又遠，直直地往最高最角落的網子飛去，「對！漂亮！就是這樣！」高手先生大聲叫好。

但我只感覺到手一陣痠麻痛。

下一球我又擊中了。

球還是飛得又高又遠，直直地往最高最角落的網子飛去，「對！你抓到了！再來一個！」他鼓勵著我。

下一球擊中，再下一球，再下一球……

我突然有種想哭的衝動，因爲我連續打中了五球，小希卻不在我後面了。

小希問，如果我覺得她的文章寫得好，我願不願意留下來？願不願意留在暮水街？

那天晚上，我沒有在她的部落格裡留言，一個字都沒有。

但是我卻徹底失眠，外面的月光透過落地窗，灑進我的屋子裡，電腦沒關，風扇的聲音低鳴。

隔天，我打電話給如玉，跟她說我要在二〇〇八年十一月出一本書，她用一種我好像吃錯藥的語氣問我：「你怎麼了？阿尼？你沒事吧？你生病了嗎？」

「沒有，我很好。」我說。

「你從來沒主動說過要在什麼時候出書的，為什麼突然間……」

「因為我想寫啊。」

「那你要寫什麼？」

「寫一部小說，我要用最少的人物，寫一部好看的小說。」

「那書名呢？」

「就叫《暮水街的三月十一號》吧。」

「暮……暮什麼街？」

「《暮水街的三月十一號》。」我重複了一次。

「哪個暮？什麼幾月幾號？」如玉繼續問著，而我卻想著另一件事。

我記得我有一次宜珊聊天，她問我：「你能寫一封一萬字的情書嗎？」

「如果我很愛她的話，一萬字只是普通字數而已。」我說。

如果《暮水街的三月十一號》是給小希的情書，那麼我能寫幾萬字呢？

我不知道，我也不想知道。

我只是在掛了如玉的電話之後，打電話給房東，然後告訴他，我會再去匯錢給他。

「爲什麼要匯錢給我？」房東問。

「因爲我要繼續租啊。」

「你不是只要租一年嗎？」

「我想……」我停頓了一會兒，「一年的時間，大概不夠我寫一本書吧。」

小希，能當妳的鄰居，我很榮幸。

【全文完】

國家圖書館出版品預行編目資料

暮水街的三月十一號　藤井樹著.一初版一台北市；
商周出版；家庭傳媒城邦分公司發行；2008 [民97]
面　　公分. --（網路小說；120）

ISBN 978-986-6571-64-0（平裝）

857.7　　97019543

暮水街的三月十一號

作　　者／藤井樹
責任編輯／楊如玉

版　　權／翁靜如
行銷業務／李衍逸
總 編 輯／楊如玉
總 經 理／彭之琬
發 行 人／何飛鵬
法律顧問／台英國際商務法律事務所　羅明通律師
出　　版／商周出版
台北市中山區民生東路二段 141 號 9 樓
電話：(02) 2500-7008　傳真：(02) 2500-7759
blog：http://bwp25007008.pixnet.net/blog
email：bwp.service@cite.com.tw
發　　行／英屬蓋曼群島商家庭傳媒股份有限公司城邦分公司
台北市中山區民生東路二段 141 號 11 樓
書虫客服服務專線：(02) 25007718 · (02) 25007719
24 小時傳真服務：(02) 25001990 · (02) 25001991
服務時間：週一至週五 09:30-12:00 · 13:30-17:00
郵撥帳號：19863813　戶名：書虫股份有限公司
讀者服務信箱email：service@readingclub.com.tw
歡迎光臨城邦讀書花園　網址：www.cite.com.tw
香港發行所／城邦（香港）出版集團有限公司
地址：香港灣仔駱克道 193 號東超商業中心 1 樓
email：hkcite@biznetvigator.com
電話：(852)25086231　傳真：(852) 25789337
馬新發行所／城邦（馬新）出版集團 Cite(M)Sdn. Bhd.
41, Jalan Radin Anum, Bandar Baru Sri Petaling,
57000 Kuala Lumpur, Malaysia.
電話：(603) 90578822　傳真：(603) 90576622
email:cite@cite.com.my

版型設計／小題大作
封面設計／黃聖文
電腦排版／新鑫電腦排版工作室
印　　刷／高典印刷有限公司
總 經 銷／高見文化行銷股份有限公司
電話：(02)2668-9005　傳真：(02)2668-9790

■ 2008 年（民 97）11 月 6 日初版　　Printed in Taiwan
■ 2019 年（民 108）1 月 17 日初版37刷

定價　220元

ISBN　978-986-6571-64-0

城邦讀書花園
www.cite.com.tw

商周出版

廣	告	回	函
北區郵政管理登記證			
台北廣字第000791號			
郵資已付，免貼郵票			

104台北市民生東路二段 141 號 2 樓

英屬蓋曼群島商家庭傳媒股份有限公司　城邦分公司

請沿虛線對摺，謝謝！

商周出版

書號：BX4120	書名：暮水街的三月十一號	編碼：

請於此處用膠水黏貼

商周出版

讀者回函卡

謝謝您購買我們出版的書籍！請費心填寫此回函卡，我們將不定期寄上城邦集團最新的出版訊息。

不定期好禮相贈！
立即加入：商周出版
Facebook 粉絲團

姓名：________________ 性別：☐男 ☐女

生日：西元________年________月________日

地址：________________

聯絡電話：________________ 傳真：________________

E-mail：________________

學歷：☐1.小學 ☐2.國中 ☐3.高中 ☐4.大專 ☐5.研究所以上

職業：☐1.學生 ☐2.軍公教 ☐3.服務 ☐4.金融 ☐5.製造 ☐6.資訊
☐7.傳播 ☐8.自由業 ☐9.農漁牧 ☐10.家管 ☐11.退休
☐12.其他________________

您從何種方式得知本書消息？

☐1.書店 ☐2.網路 ☐3.報紙 ☐4.雜誌 ☐5.廣播 ☐6.電視
☐7.親友推薦 ☐8.其他________________

您通常以何種方式購書？

☐1.書店 ☐2.網路 ☐3.傳真訂購 ☐4.郵局劃撥 ☐5.其他________

您喜歡閱讀哪些類別的書籍？

☐1.財經商業 ☐2.自然科學 ☐3.歷史 ☐4.法律 ☐5.文學
☐6.休閒旅遊 ☐7.小說 ☐8.人物傳記 ☐9.生活、勵志 ☐10.其他

對我們的建議：________________

請於此處用膠水黏貼